특별한 입석

특별한 입석

현애자 수필집

초 판 발 행 | 2023년 09월 10일
2 쇄 발 행 | 2023년 10월 25일

지 은 이 | 현애자
펴 낸 이 | 배재경
펴 낸 곳 | 도서출판 작가마을
등 록 | 제 2002-000012호
주 소 | 부산광역시 중구 대청로141번길 3. 501호(중앙동, 다온빌딩)
　　　　　서울시 도봉구 도당로 82(방학1동, 방학사진관 3층)
　　　　　T. 051)248-4145, 2598 F. 051)248-0723 E. seepoet@hanmail.net

ISBN 979-11-5606-231-8 3810　　　정가 14,000원

※ 본 도서는 2023년 부산광역시. 부산문화재단 '부산문화예술지원사업'으로 지원을 받았습니다.

특별한 입석

현애자

수필집

도서출판
작가마을

잠시
세월의 길 위에 섰다.
나의 형언 할 수 없는 미열에
성산포 앞바다의 아침이 뜨겁다.
소녀의 꿈을 성장시켜 온
바다는
그대로 푸르고
출렁이며 눈부시다.

퍼스널 노트에서 펼쳐지는
시간의
희로애락을 읽으며
봄 햇살 같은
소녀를 만나
사색을 물질한다.

제주 종달리에서

차례

1부 인생은 악보

2부 꿈을 빛는 손

1부

인생은 악보

소녀의 봄 햇살

청소년 상담사 과정을 이수하고 봉사활동을 시작했다. 내가 담당하는 내담자는 중·고등학교 대상으로 결손 가정에서 자란 학생들을 상담해주고 직업을 가질 수 있도록 도와주는 역할이다.

내가 처음 만난 학생은 중학교를 다니다 그만두고 비행을 하다가 시설로 들어오게 된 학생이었다. 엄마는 재혼하여 새아버지 집에서 함께 살았다. 설상가상 엄마가 갑자기 교통사고로 세상을 떠나자 새아버지와 함께 살던 학생은 집을 나왔다.

학생은 키가 작으면서 눈이 까맣고 인형처럼 예뻤다. 얼굴은 복사꽃처럼 발그레했다. 그렇지만 그 모습 뒤에는 정서적으로 안정되지 않아 불안하고 초조함이 있었다.

"안녕 반가워"하며 꼭 안아 주었다. 학생은 엉거주춤하며 사시나무 떨듯 오들오들 떨고 있었다. 앙상한 가지 위에 혼자 남겨져 외롭게 투쟁했던 흔적이 역력했다. 엄마의 마음으로 다가가기 위해 많은 노력과 시간이 필요했다. 서로를 믿고 이야기를 나누다보니 알게 모르게 마음의 문이 열려 다행히 상담도 잘 받았다. 아이는 시간과의 싸움에 안정을 찾으면서 검정고시 공부를 준비하기로 했다. 작고 여렸던 소녀의 봄 햇살이 피어나기 시작했다. 혼자 견뎌야 하는 아픔을 시설 원장님의 도움으로 꽃을 피기 시작했다. 중·고등학교 검정고시에 연속 합격을 하면서 아이는 당당히 혼자 일어설 수 있는 자신감과 꿈이 생겼다. "미용을 배워 시설 아이들에게 예쁘게 만들어 주고 싶다"는 이야기를 자주 했다.

나는 피부미용과 강의를 하고 있을 때라 쉽게 야간대학을 알아볼 수가 있었다. 그는 보조 장학금을 받으며 낮에는 내가 운영하는 미용실에서 아르바이트를 하고 저녁에는 피부미용과 야간을 다니면서 꿈을 실현해 갔다.

외롭고 힘들었던 시간들을 꿋꿋하게 이겨 내주고 상담사를 믿고 따라와 준 것 또한 감사할 뿐이다.

긴 겨울을 이겨낸 고사리보다 더 작고 가냘픈 학생 손을 잡으며 나는 내 아들 이야기를 들려주었다.

아들은 중학교 3학년 되면서 뉴질랜드 유학을 갔다. 큰딸이 중학교 졸업하고 뉴질랜드에서 유학 생활을 하고 있어서 아들 유학문제는 쉽게 결정할 수 있었다. 아들은 누나랑 같이 산다는 것이 신났다. 아이들을 떠나보내고 나니 그 빈자리는 싸늘하고 삭막했다. 우리 부부는 아이들이 잘 적응하며 지내고 있는지 걱정뿐이었다. 걱정은 우리 몫이었다. 아이들은 "밥도 잘 해먹고 싸우지 않고 사이좋게 잘 지내고 있다."며 걱정하지 말라고 했다. 화상 통화를 하며 유선을 통해 호흡하고 서로를 그리워하며 연락을 하곤 했다. 다행히 잘 지내고 있어 안심이 되었다.

부모를 대신 동생 보살피며 학교생활을 하는 딸을 생각하니 마음이 쓰였다. 딸은 일사천리로 동생이 들어갈 수 있는 학교를 찾아다니며 인터뷰를 한 결과 한 학교에서 연락이 왔다.

아들은 뉴질랜드 웨스트레이크 보이즈 하이스쿨 입학을 하게 되었다. 학교수업은 레벨 1반~8반까지였고 아들은 8반이었다. 영어로 수업을 들을 수 있어야 다음 단계를 올라갈 수 있었다. 딸은 동생하고 방과 후 어학원을 다니며 영어공부를 하게 했다. 그뿐만 아니라 학교 다니면서 동생이 학교를 마치면 픽업까지 도와야 했다.

그때 나는 미용실을 세 곳 운영하며 40~50명 되는 직원들과 일을 했다. 그리고 대학교 시간 강의를 하면서 틈나는 대로 직원들까지 교육을 시키며 하루를 바쁘게 살았다.

딸은 엄마가 바쁘다는 걸 잘 알고 있었다. 원래 차분하고 뭐든지 척척 알아서 하는 성격이라 동생을 다독이며 사이좋게 잘 지낸다는 걸 알고 있었다.

"우리 걱정은 말고 엄마나 건강 챙기세요."라는 말을 자주했다.

아이들을 잠시 내려놓고 나는 열심히 일을 하며 사회생활을 넓혀 나갔다.

어느 날 유선에서 전해오는 딸의 목소리가 떨리고 있었다. 힘들어하는 느낌이 뜨겁게 전해졌다. 둘은 부모가 힘들어 할까 봐 묵묵히 견디어 내며 지냈던 것 같았다. 딸도 엄마가 필요로 할 나인데도 동생을 데리고 산다는 것이 쉽지가 않았을 것이다. 나도 동생들 보살피기 싫어 부산으로 도망 나오듯 제주도를 떠나 왔는데 외국에서 얼마나 힘들었을까. 마음이 먹먹했다.

아이들이 엄마가 필요로 할 때 도움을 주고 싶었기도 하고 미루었던 박사과정을 시작해야겠다고 계획을 세웠다. 영어 울렁증이 있던 나는 이번 기회에 모자란 부분을 공부하고 싶었다. 대학 강의를 하다 보니 박사학위가 필요했다.

언제나 힘이 되어주고 지지해주는 남편 덕분에 빨리 아이들 곁으로 갈 수 있었다. 아이들은 신이 났다. 우리는 도서관 가까운 곳 '타카푸나' 도시에 자리를 잡았다.

엄마가 도착하기 전에 살림살이와 가전제품은 중고로 구입 해놓고 한 살림을 차려놓고 있었다. "하루가 일 년처럼 느껴지고, 목 빠지게 엄마를 기다리고 있다며 언제 도착하느냐"고 아우성이었다. 나도 설레긴 마찬 가지였다.

뉴질랜드 생활이 시작되면서 영어 아카데미스쿨을 다녔다. 말이 통하지 않는 부분은 도서관에서 공부를 했다. 저녁이 되면 딸은 나의 영어 선생님으로 변했다. 우리는 주말이면 썬데이마켓을 찾아다니며 그 나라의 문화와 풍습 그들의 삶을 들여다 볼 수 있는 시간들을 보냈다.

어느 정도 외국생활이 안정이 되어가고 적응되어갈 무렵 한국에서 급한 연락이 왔다. 내가 운영하는 미용실이 "직원들 문제로 심각한 상황까지 왔다며 원장님이 자리를 비우고 나서 직원들이 그만두기도 하고 몇 명은 옆으로 가게를 오픈을 했다."고 했다. 직원들이 이직을 하면서 미용실은 술렁거리고 있었다. 선장이 키를 놓은 배는 바다를 표류하며 갈 길을 잃고 있었다. 그게 그때의 우리 미용실 모습이었다.

그리하여 아이들에게 안심을 시키고 한국에 잠시 들어가 일 처리만 하고 들어오겠다던 약속은 지켜지지 않았다. 삶은 계획한 대로 되지 않았다.

엄마가 뉴질랜드로 다시 돌아갈 수 없다는 이야기에 아이들까지 혼란스럽게 만들었다. 실망하기보다 걱정이 많았던 것 같다. 둘이서 잘 이겨내고 학교생활도 잘하리라 믿었는데 딸은 책임감에 힘이 들었던 것 같았다.

딸에게서 "고민이 많다."는 연락이 왔다. 집 렌트비도 걱정되고 우리 등록금을 내려면 금전적으로 엄마가 힘들 거라고 말했다.

동생은 아직 영어가 잘 안 되는 것 같아 한 학년 더 다녀야 할 것 같으면 한국에 들어가 고등학교 졸업하고 대학은 뉴질랜드 오는 것에 의견을 냈다.

아들은 2년 만에 한국으로 돌아왔다. 중학교 수업 이수과정이 모자라 중학교 3년으로 다시 공부해야 고등학교 진학 할 수 있다고 했다. 인문계 고등학교도 똑 같은 답이었다. 다행히 공고는 특채가 있어서 들어갈 수 있었다.

아들은 "그럴 것 같으면 고등학교 검정고시 시험을 보겠다."고 했다. 맞벌이를 하는 우리로서는 선 뜻 결정을 허락할 수가 없었다. 아들의 2년이란 세월은 실타래처럼 엉켜버리면서 자기만의 세계로 빠지게 되었던 것 같다.

고등학교를 진학을 했지만 학교생활은 적응을 못하고 방황하기 시작했다. 친구들과 어울려 담배를 피우다 선생님께 걸리기도 하고 수업을 빼먹는 날도 많았다.

"요즘 학교에 나오질 않는다는 연락을 받으면 가슴이 쿵 내려앉았다. 아들 의견을 물어보고 결정을 해야 했던 일들을 부모가 너무 쉽게 생각하고 결정한 것 같아 자책감이 몰려왔다.

엎친 데 덮친 IMF로 힘든 시기였다. 남편 회사가 어려움을 겪으면서 내가 운영하던 미용실은 문제가 생겼다. 한꺼번에 도미노처럼 무너지는 사건들을 처리하느라 아들을 챙기지를 못했다.

"어두운 집에 혼자 있는 게 싫다."고 했지만 신경 쓸 겨를이 없었다.

아들은 집에 있는 시간보다 밖으로 나가는 시간이 많아졌다. 말을 하지도 않고 들으려고도 하지 않았다. 조마조마한 하루를 보내면서 혼자 해결 할 수 있는 문제가 아니란 걸 알았다.

나는 도움을 받기 위해 상담소를 찾아 나섰다. 상담을 받다가 청소년 심리 상담을 공부를 시작했다. 상담사 자격을 취득하고 상담봉사자로서 청소년의 마음을 알게 되었다.

　나는 그때부터 아들에게 매일 편지를 쓰기 시작했다. 부모에게 사랑을 갈구하며 자랐던 지난날을 떠올렸다. 형제 많은 집안에서 태어나 성장하는 동안 부모님께 인정을 받으려고 했던 건 아니었을까? 내가 갈구했던 사랑을 아이들에게는 '사랑'으로 포장해서 무한한 사랑을 주었다고 힘들게 한 것은 아닌지. 그 생각으로 솔직한 마음의 편지를 아들 책상에 배달했다.

　어느 날 아들 방을 정리하다가 공책에 깨알 같은 글씨로 빼곡히 쓴 글을 보게 되었다.

　"엄마 고맙습니다. 그리고 죄송합니다. 언제나 제 편에 서서 이해해 주시는 부모님께 감사드립니다."라는 글귀는 감동보다 마음을 후벼 파는 아픔이었다.

　또한 여러 글 중에,

　"남의 말은 내 인생을 만들고, 나의 말은 남의 인생을 만든다."는 것을 읽으면서 오히려 내 얼굴이 화끈거렸다. 아무 생각 없이 내뱉은 말이 누구에게는 상처가 되고 누구에게는 희망을 주는 말인데 가리지 않고 아들에게 내뱉었는지 모른다.

　어느 누구나 부모로서 미리 살아본 부모는 없을 것이다. 가정을 이루고 아이를 낳았을 때 나름대로 현실적 양육보다 추상적인 부모 역할을 기대하며 살아간다. 또한 자신이 부모로부터 받지 못한 사랑을 아이에게 주려고 애쓴다는 걸 상담을 통해 알게 되어 아들을 이해 할 수 있었다.

　동전의 양면성을 가진 우리의 삶도 누군가에게는 희생이 되고 누군가에게는 희망이 되는 모습이 아닌지. 자주 돌아보게 된다.

부지깽이

이른 새벽에 뜰에 나갔다.

달무리를 지고 있는 달은 희미하게 서산에 걸려 있고 별들은 반짝이는 서리가 되어 갈색 잔디를 윤기 나게 하고 있다. 서리가 내리고 물이 얼면 반짝 추위가 잦아진다고 하는데 이곳은 추위가 이미 시작되어 겨울치레를 하고 있다.

낙엽은 까칠할대로 가칠해져 있다. 풀꽃은 돌 틈을 비집고 나오며 초록의 생기를 호호 불고 있다. 이러한 새벽을 응원이라도 하는 듯이 이름 모를 작은 새 두어 마리가 낮은 비행을 하며 제소리를 하고 떠드는, 도시보다 일찍 찾아 온 겨울이다.

담장을 기대고 선 꽃대들이 말라서 고개를 숙인 채 있던 게 눈에 띈 지 오래인데 오늘은 그것을 꺾어 부지깽이라도 쓸까 싶다. 방 한 칸을 황톳방으로 쓰니 군불 땔감이 아쉬울 때가 있다. 그러다 보면 마른 꽃대는 먹이의 사슬처럼 작년에도 방을 데우는 일에 몸을 바쳤다.

밑동을 뚝뚝 잘랐다. 그런데 이게 웬일인가? 엄동설한嚴冬雪寒에 싹이 돋아나고 있는 게 아닌가. 관심이 있어서 밑동을 자른 것도 아니다. 내가 쓸 요량으로 했는데 뚝뚝 자른 무심한 행위를 나무라는 듯이 살아있는 생명력은 파랗게 피고 있다. 나는 한 순간 꽃대처럼 고개를 숙였다. 하마터면 불가마 속으로 들어가서 재가 될 뻔 했던 꽃대를 볼 면목이 없다. 꽃대를 발라주어 튼튼한 뿌리로 내리게 한 작업이었다면 얼마나 좋았을까. 행위는 같았지만 목적에 따라서 이렇게 마음자리가 다를 수 있을까. 자연 앞에 숙연할 수밖에 없다.

오늘은 마음먹고 울타리 손질이며 마당정리를 하기로 했다. 이리저리 나뒹굴다 구석진 곳에 수북이 쌓여있는 낙엽들을 쓸어 모으고 잔잔하게 부서진 잔디나부랭이도 긁어내어 한데 모았다. 어릴 적에 겨울이 되면 친구들과 산으로 올라가 솔잎을 긁어모아서 무겁게 지고 와 집 마당의 담장이를 기대고 산봉우리처럼 쌓아놓으면 부자가 된 듯이 좋았다. 그것을 불쏘시개로 쓸 때는 뿌듯하기까지 하여 '내일은 더 많이 해 와야지'하며 다짐했다. 당연히 다음 날은 더 많이 했고, 따뜻한 방에서 동생들과 장난을 치면서 긴 겨울밤도 즐겁게 보낸 적이 많다.

아버지는 바람 없는 날 넓디넓은 들판에다 불을 붙였다. 그 불이 사그라질 때 동생들과 연기를 잡으러 뛰어다녔다. 소독차를 따라다니며 냄새를 즐겼던 것처럼 연기를 따라다니며 놀았다. 아버지는 잔불이 없어질 때까지 부지깽이로 들판을 쳤다. 그러면 그 연기로 인해 흐르던 눈물을 맨손으로 닦으면 꺼먼 분칠이 되었다. 그러나 분칠이 된 줄 모르고 서로 놀리다가 집에 가서 거울을 보고 제 얼굴에 허리가 휘어지도록 웃었던 일들이 연기처럼 모락모락 피어오른다.

밖은 바람이 냉하다.

아궁이 속으로 장작을 놓고 그 위에 불 모은 지푸라기들을 한곳에 모아서 불을 지폈다. 숯이 되기 전에 쇠솥에서 물이 끓는다고 야단이다. 김은 얼굴을 촉촉하게 해서 할 일 없이 솥뚜껑을 열고 닫기를 반복한다. 그러다가 나무라는 사람도 없는데 불을 살살 죽인다. 김은 불을 낮추지 않으면 더 많이 퍼 올린다. 불 앞에서 아버지가 생각날 때면 부지깽이로 잔불을 툭툭 치고 연기를 낸다. 아버지가 들판에서 그러셨던 것처럼 그러면서 즐기는 연기 속에서 아버지를 만난다. 겨울이면 더 자주.

어릴 적에 겨울새벽마다 아궁이에 불을 지펴서 밥을 짓곤 했다. 잠 오는 눈으로 불을 조절하다 보면 부지깽이를 잘못 사용하여 연기가 아궁이 밖으로 되나온다. 그러면 매운 고추보다 더 매운 연기 때문에 도망쳐 눈물을 흘린 적도 많았다. 부엌문을 나가는 연기를 보고 마당에서 일하시던 어머니는 부리나케 쫓아와서 "졸지 말고 밥을 뜸들일 때는 정신을 바짝 차리고 불을 약하게 해야 한다." 며 부지깽이로 불을 쑤시지 말고 살살 다뤄야 불이 꺼지지 않는다고 했다. 눈이 매워서 눈을 뜰 수 없어도 어머니가 시키는 대로 부지깽이를 잘 다뤄야 했다. 그러면 밥도 맛이 있었다.

부지깽이로 불을 쑤시며 장난치다 어머니에게 혼쭐이 난 것은 나뿐 만이 아니었다. 내가 한눈이라도 팔면 옆에서 부럽게 보고 있던 개구쟁이 동생이 재빠르게 빼앗아 서툰 불장난을 쳤다. 부지깽이 끝에 붙은 연기가 얼마나 매운지 눈물이 저절로 줄줄 흘렀다.

"불장난하면 잠잘 때 이불에 오줌 싼다."

말려도 말을 듣지 않았다. 결국 다음 날 남의 집에 소금 얻으러 가야되는 불상사가 일어났지만 말썽꾸러기들은 지혜롭게 모면하곤 했다.

내가 지금 사는 시골집은 처음에 내 유년의 집과 너무 닮아있다. 지금은 잔디로 바뀐 마당이 성한 데가 없이 깨진 울퉁불퉁하고 금이 짝짝 난 시멘트 마당, 그것이다. 아픈 추억을 치료하듯이 하나씩 고쳐나갈수록 더 그리워지는 고향집이다.

나의 고향집은 가까이 성산 일출봉이 보인다. 시멘트 바닥에서 보이던 바다는 푸른 뜰이었다. 언젠가는 마당에 잔디를 깔고 싶었던 꿈을 꾼 적이 있었다.

　부지깽이를 털고 아궁이 옆에 세웠다. 부지깽이는 불속에서 나올 적마다 키가 작아지는데 나의 추억은 마른 꽃대의 봄이듯이 커지기만 한다.

그해 봄, 비석을 세우다

산수유의 꽃망울이 터졌다. 해마다 이때쯤 내가 사는 밀양의 작은 마을은 온 동네 봄꽃 잔치가 열린다. 이렇듯 봄의 기척에 들뜨는 꽃과 사람들 기다려질 수밖에 없다.

봄을 유난히 좋아하시던 아버지가 먼 길을 떠나신 날도 봄이었다. 때가 되면 미련 없이 떠나는 봄처럼 아버지도 아쉬워서 며칠만 더 가족들은 소원했지만 봄이 떠날 때처럼 미련 없이 가셨다.

아버지의 고향은 제주도이다. 입버릇처럼 당신이 돌아가시면 고향 선산에 묻어달라는 당부를 하셨다. 그 말을 들을 때면 어머니는 자식들이 부산에서 모두 모여 사는데 당신 생각만 하시냐며 내가 이승을 떠나면 그때 같이 고향 선산으로 가자시며 아버지의 말씀에 투정하시듯 대응하며 아버지의 말 상대를 끝까지 했다. 그러던 실랑이를 끝까지 고집 굽히지 않던 아버지는 죽음을 예감이라도 하신 듯이 돌아가시기 한 달 전쯤에 어머니의 뜻에 찬성하셨다. 아버지는 평소에 갑갑한 것을 누구보다 싫어하셨다. 아버지를 좁은 납골당 대신 산새 소리가 울려 퍼지고 앞이 확 트여 한눈에 시야가 다 들어오는 전망 좋은 묏자리에 모셨다. 부산 추모 공원은 엄숙하게 추모하는 장소지만 설날이나 추석이면 스물 네 명의 대가족이 찾으니 야유회 나온 것 같다. 어린 조카들은 장난을 치고 떠드는 건 다른 가족들도 마찬가지였지만 돌아올 때 비로소 미안한 마음으로 숙연해

한다.

어머니는 아버지가 떠나시자 마음이 약해지셨는지 가끔씩 묻는 안부 전화에도 기분 좋은 소리는 않으신다. 말하자면 죽었는지 살았는지 연락도 하지 않는다며 자식들을 나무라신다. 수화기를 통해 잔소리와 하소연을 시작하는 걸 듣고 있자면 끝이 없다. 나도 모르게 짜증스런 말투로 통화는 끝난다. 우리 형제는 돌아가며 어머니에게 안부를 묻고 아버지 계시기 전보다 더 따뜻이 대하려 했다가 늘어나는 어머니의 잔소리에 당신의 마음을 이해하기보다 전화를 빨리 끊을 궁리를 하게 되었다. 이러한 분위기를 눈치채셨는지 남동생에게 이제 아버지 제사에도 가지 않고 산소나 갔다 오겠다하여 측은지심을 불러일으킨다. 우리는 어머니의 눈치 살피랴 짜증 달래랴 이래저래 진땀을 빼다보니 아버지를 잃은 상처에다 어머니마저 마음으로 잃는 느낌에 우리들의 상처도 커져만 갔다.

작년에는 제사를 앞두고 온 가족이 모여서 산소에 갔었는데 올해는 각 가정의 시간대로 가기로 했다. 다 같이 모여 추모하는 정情도 정情이지만 봄바람이 부는 어느 날 남편과 단둘이 찾은 아버지 산소에서 아버지와 나만의 추억을 떠올릴 수 있어서 좋았다.

생전에 아버지는 초봄이면 오토바이를 타고 을숙도를 오가며 강태공이 되셨다. 겨우내 잠자던 낚싯대를 깨워 손질하여 봄바람 부는 낙동강 하구둑에 자리를 잡아 강물을 벗 삼았다. 낚싯대를 몇 개나 세워 놓고 마른 나뭇가지를 주워 불을 지피고 비닐 방석을 깐 낮은 돌 위에 걸터앉아 사색에 잠겨 낚시하셨다. 그럴 때면 아버지와 연락이 안 된다며 시집 간 딸네 집으로 전화를 하는 어머니의 화난 목소리는 우리를 긴장하게 만들었다. 낚시를 할 때면 아버지는 전화를 일절 받지 않으셨다. 그럴 때마다 어머니의 성화는 심하셨다. 애교였다. 집착과 알 수 없는 심술이셨다.

나는 쉬는 날이면 도시락을 준비하여 남편과 강가로 가곤 했다. 을숙도에서 오토바이 한 대만 찾으면 바로 그 근처에는 낚싯대를 드리운 아버지의 모습을 만날 수 있었다. 오붓한 시간을 즐기는 아버지에게 방해될까 봐 조심스러운 목소리로

"아버지~"

손을 흔들면 인자한 웃음으로 우리를 향해 두 손을 흔드셨다. 전화도 받지 않던 손이 언제 그랬냐는 듯이 성큼 일어나 빨리 오라고 황급한 손짓을 하셨다. 강가를 조심해라, 돌부리에 넘어질라 등 조바심을 내보이시고 앉았던 방석을 내주기까지 하시니 영락없이 아버지 앞에는 아이가 되었다. 남편은 날씨가 더 풀리면 낚시하시라고 조심스레 말을 꺼내지만 미동도 않으셨다. 오히려 나에게 줄잡아보라고 하시며 낚싯줄 당기는 법을 가르쳐주셨다. 걱정 반 투정 반으로 찾아온 낚시터에서 아버지의 사랑법에 우리는 찾아 온 목적도 잊은 채 그 옆에서 낚시 바늘을 드리웠다. 작은 것은 바다로 돌려보내라고 하시며 한두 마리만 잡아서 매운탕이나 해먹자고 되레 우리를 일으켰다.

어머니는 낚시를 몹시 싫어하셨다. 그 비위를 맞추려는 아버지의 노력은 눈물겹기까지 했다. 낚시를 다녀 오신 날은 싸늘한 집안 공기를 훈훈하게 하기 위해 어머니의 숱한 푸념을 다 받아 주셨다. 그때만은 공주였던 어머니. 낚시 다녀오셨는데 왜 저렇게 아버지를 쩔쩔 매게 하시는가 싶어서 어머니가 원망스러웠다.

아버지가 세상을 떠나신 지 벌써 8년이 훌쩍 지났다. 어머니에 대한 원망으로 가득 찬 내 마음은 흔들리는 어머니의 어깨를 보면서 화해하기로 결심했다. 아버지의 제삿날, 목 놓아 울부짖던 어머니를 보면서이다. 평소 강인하고 모질게 말 하시던 당신의 모습과 다르게 오래오래 울고 계시던 모습은 나를 슬프게 했다. 다음 날, 아

버지의 산소 앞에서 내가 그토록 갈구하던 어머니상象을 보았다. 어쩌면 어머니는 무뚝뚝한 성격 탓으로 사랑의 소통이 안 됐는지 모른다.

마음속에 쌓였던 원망과 섭섭함을 아버지께 죄다 고하며 털었다. 두 손을 모으고 남편과 두 번의 큰절을 올리려는 바로 그때 어디선가 소리가 들려온다. '고맙다. 그리고 사랑한다.' 놀라 올려다 본 하늘은 유난히 부드러운 빛으로 맑다. 어쩌면 그곳에서도 낚시 삼매경에 빠져계시는지….

그리운 아버지

어느새 아침 기온이 영하로 내려가 가을에 만끽하던 풍경들이 사라지고 길가에 늘어선 가로수들도 겨울을 그대로 받아들이려는 숙명적 모습을 하고 있다. 따뜻한 온기가 그리워서 난방의 온도를 올리는 나와 다른 나무의 겨울 살갗을 어루만지면서 자연의 극기를 알게 된다.

아버지가 폐암 선고를 받았을 때는 겨울이 한참 진행된 때였다. 청천벽력에 너무 어처구니가 없어서 믿기조차 싫었다. 하늘이 무너지는 것 같았고 숨 쉴 조차 없는 가슴이 터져나가는 슬픔을 느꼈다. 잘못 들었다고 부정도 하고 싶었다. 하지만 의사선생님 말씀은 거기에서 그치지 않고 앞으로 6개월을 넘기지 못할 것 같다는 것이었다. 그리고 연세가 있어서 항암치료와 방사선치료도 불가능 하다고 하며 자리를 떠났다.

뜻밖의 상황에 억장이 무너졌다. 하지만 곧바로 마음을 추슬러 부모님께 결과를 말씀드리려야 했다. 정말 얼렁뚱땅 그러나 진정한 표정으로 약물치료만 하면 된다고 일단 두 분을 안정시켰다.

나의 아버지의 젊은 시절을 어머니로 통해서 들었다. 아버지는 제주도 농고를 졸업하고 일본으로 유학을 했다. 부잣집 큰아들이면서 잘생기고 멋있었단다.

어느 날 어머니한테 여쭈어 봤다.

"아버지가 왜 농사를 지어요? 그리고 학벌도 없는 엄마하고 왜 결혼했대?" 어머니는 힐끗 쳐다보며

"내가 아니? 네 아버지께 물어봐라"며 호통을 친 후부터는 더 들을 수 없었다.

아버지는 밭 일 보다 비닐하우스 일을 많이 하셨다. 비닐하우스는 아버지의 사무실이었다. 라디오를 틀어놓고 팝송을 듣기도 하고 책을 읽으시기도 하셨다. 책상위에는 책들이 빼곡했으며 메모를 하는 모습에 후다닥 달려간 발자국 소리를 죽였다. 그런 아버지의 그 모습에다 더 자랑스러운 것은 한자, 일어, 영어 모르는 게 없는 척 척박사였다. 동네 사람들이 모르는 것이 있으면 무엇이든지 물어보고 또 배우고갔다. 그런 아버지가 너무 존경스러워 집안 일 심부름은 단 걸음에 후딱 해치우고 비닐하우스로 직행하여 아버지와 가까이 있는 것이었다.

어느 날 아버지는 굵은 모래를 채를 받쳐 곱게 내리고 계셨다.

"이거 뭐하게요?"

"겨울에 모종을 해둬야 봄 되면 밭에 심지…"

하시면서 내가 물어본 것도 차근차근 알기 쉽게 대답해 주셨다.

"너도 흙을 담아볼래?"

투명하고 구멍 난 작은 비닐구멍에 흙을 담고 그 위에 씨를 넣고 모래로 덮으라고 하셨다. 그런 다음에 골고루 흙이 들어갈 수 있도록 손으로 단단하게 두들겨주고 그 위에 가는 모래를 뿌려야 튼튼하게 뿌리를 내릴 수 있다고 설명했다. 계속 물어보아도 귀찮아하지 않고 내 이야기도 끝까지 들어주고 또 가르쳐 주는 아버지가 너무 멋지고 좋았다.

나는 '아버지처럼 멋진 남자에게 시집가야지' 하며 상상의 나래로 유년 시절을 보냈다. 그리고 틈만 나면 비닐하우스로 달려가 아버

지가 하시는 일을 구경하고 흙장난을 하기도 하고 좋아하는 책도 읽었다. 그곳은 나의 놀이터였다. 흙으로 두꺼비집도 만들고 인형도 만드는 꿈의 동산이었다.

그 날도 여느 날과 다름없이 놀고 있는데 아버지는 보이지 않았다. 한참을 기다려도 오지 않으셔서 아버지의 책상에 앉아보고 책도 뒤적이다가 백지 위에 무엇이 쓰여 있나 자세히 들여다보게 되었다. 아버지는 그곳에서 자라나는 식물들을 하나하나 일기 형식으로 적어놓으셨다. 또 궁금한 마음에 책을 뒤적거렸는데 빛바랜 몇 장의 사진이 책갈피에 끼워져 있는걸 보았다. 사진 속에는 잘생긴 남자들이 폼을 잡고 있었고 아버지가 하얀 칼라에 포마드를 바르고 짝 달라붙는 바지를 입고 멋진 모습으로 계셨다. 다른 한 장의 사진은 다리를 다쳤는지 목발을 짚고 서 있는 모습이었다. 상상이 되지 않는 아버지 다른 모습에 신선한 충격이었고 그 궁금증은 나를 보챘다. 사진을 쓰다듬으면서 한참을 보고 있는데 어머니의 고함소리에 얼른 비닐하우스를 빠져 나왔다.

"당신이 하는 게 다 그렇지! 제대로 하는 게 뭐 있냐? 많이 배우면 뭐하냐?" 라고 하며 핀잔을 주는 소리에 아버지는 아무런 대꾸도 하지 않은 채 성큼 방으로 들어가셨다. 그 모습이 너무 안쓰러웠다. 어쩌다 볼 수 있던 한쪽 발가락이 없는 수술 자국이 떠올라 눈물을 터뜨렸다. 그 기억은 아직도 나의 가슴 한복판에 상처가 되어 있다.

그 후로 아버지는 자주 술을 마시고 오시는 일이 잦았다. 어머니의 목소리는 나날이 더 커지면서 우리 집은 시끄러운 시장판 같았다. 날이 갈수록 어머니의 화살은 우리에게 쏟아졌다. 억척같이 일하는 어머니가 안쓰럽기도 했지만 야단치고 고함지를 땐 밉고 싫었다.

그 후, 아버지는 술 마시는 일이 더 잦아졌고 그 대신 힘든 농사일은 자연스럽게 어머니의 몫이 되었다. 우리 또한 아버지를 대신해서 해야 할 밭일이 늘어났다. 그렇지만 아무도 불평하지 않았다. 돌이켜보면 아버지의 짓눌린 어깨를 느껴 응원하는 마음이 똘똘 뭉쳤던 것 같다.

검사 결과를 기다리는 동안 회한에 잠기신 아버지께서,

"너희 엄마에게 상처만 주고 고생을 많이 시켰는데 또 나 때문에 힘들어 할 네 엄마를 생각하면 마음이 너무 아프다."고 하시며 지그시 눈을 감으셨다.

언제나 시련은 그랬다. 시작하면 엄청난 가속을 붙였다. 늦게나마 두 분이 정답게 사시는 모습에 감사하며 지냈는데 사망선고나 다름없는 판정을 받고 나니 마음은 종일 울고 다녔다. 아버지는 눈치를 채셨는지,

"얼마나 더 살 수 있냐?"며 물어보셨다. 나는 당황해하면서도

"내 욕심인지 모르지만 2년만 더 사셨으면 좋겠습니다."

아버지는 의아해하셨지만 유년에 비닐하우스 밖에서 우연히 보았던 그 쓸쓸함과 외로움을 보였다.

아버지는 1년 6개월 남은 삶에서 죽음을 넘나들며 사투를 벌이다 결국 하늘나라로 가셨다. 1남 6녀를 키우면서 항상 칭찬을 아끼지 않으셨던 아버지였다. 당신이 가시고 나면 자식들 정신 없을까 봐 오만원 권 700만원을 넣은 봉투에 〈○○○ 장례비〉라고 씌어 있었다. 봉투에 돈을 담으면서 아버지 마음은 얼마나 힘들었을까? 죽음 앞에서도 오로지 자식들 생각에 눈을 감을 수 없었던 우리 아버지, 그날 슬픔에 복받쳐 눈물을 주체할 수 없었다. 세상이 다 캄캄했다.

지금은 아버지에 대한 그리움이 나의 일기장에 빼곡하다. 시간이

갈수록 짙어지는 그리움을 어떻게 하면 좋을까. 흔들리는 바람에 그리움을 떠나보내기에는 그리움의 무게가 무겁다. 가슴 한 자리에 여전히 아버지의 온화한 모습이 자리하고 있다. 따뜻한 목소리와 온화한 손의 둥지가 그립다.

요즘도 가끔 고함지르는 어머니의 목소리에서도 아버지가 보이는 것은 웬일일까? 어머니의 목소리가 쩡쩡 울릴수록 아버지에 대한 그리움이 커지고 넓어져서 괜히 눈시울을 적시고 몰래 훔치기를 자주 한다.

아버지, 아버지가 보고 싶습니다.

샛별이 떠난 자리

우리 집에서는 새벽이 먼저 오는 곳이 뜰이다. 샛별이 떠난 자리에 서리는 별이 되어 잔디를 띄운다. 작은 새들의 지저귐도 바쁘다. 주인이 눈 뜨기 전에 주인행세를 하듯 쫑쫑거리고 잔디를 밟아댄다. 이럴 때 나는 방해꾼이다. 앞집 뒷집 동네 어른들의 기침소리가 새벽종 역할을 하는 시골집. 어쩔 수 없이 나가면 새벽은 바쁘다.

오늘은 울타리 손질이며 마당정리를 하려고 한다. 꽃대들은 부지깽이처럼 말라비틀어져 마당구석에 나뒹굴고 있다. 밑동을 뚝뚝 잘라보니 엄동설한에 싹이 돋아나고 있다. 미리미리 잘라둬야 봄에 튼튼한 뿌리가 내리련만, 미리 손이 못 간 것이 안타까워 아궁이쪽으로 옮겼다. 구석진 곳에 수북이 쌓여있는 낙엽들을 쓸어 모으고 잔잔하게 부서진 잔디나부랭이도 긁어내어 불쏘시개로 아궁이 근처에 두었다. 어릴 적에 불쏘시개가 귀했던 생각에 뜰에 있는 티끌 하나라도 버릴 수 없다.

마당은 어릴 적에 곳간이었다. 봄에는 어머니가 바다에서 소라와 미역을 따는 물질을 했다. 망태기 안에 꾹꾹 눌러 담은 미역을 아버지는 경운기에 가득 싣고와 앞마당에 퍼두고는 다시 바다로 향했다. 어른들이 없는 사이 미끈거리는 미역을 헤집고 서로 보물이라도 찾는 것처럼 뒤지다보면 홍삼과 고동 전복이 나왔다. 우리는 누가 먼저랄 것도 없이 홍삼이며 전복은 씻지도 않고 그 자리에서 한입 씩

베어 먹고 고동은 돌멩이로 두들겨 꺼내서 동생들을 나눠주며 먹어 치웠다.

어느 날은 볏짚을 깔아서 그 위에 미역을 한 줄씩 주름을 펴가며 다듬어 널어놓은 미역이 예뻤다. 줄줄이 널렸다. 미역을 넘나들다가 미끄러질까 봐 어머니는 미역귀로 우리를 유혹했다. 생각보다 미역귀는 맛이 있어서 아기 새처럼 줄줄이 입을 벌렸다가 미역귀가 목구멍에 넘어가기도 전에 발라당 미끄러졌다. 마당에는 우리의 웃음소리, 우는 소리가 널리지 않는 날이 없었다.

여름에는 시멘트 바닥에서 올라오는 뜨거운 열기 때문에 물을 뿌려도 소용이 없었다. 자연스럽게 바다로 뛰어나가지 않을 수 없었다. 논두렁에서 어린 갈대를 잘라서 한 아름씩 들고 와서는 마당에 펴놓고 나면 시멘트 바닥은 파랗게 물들어 시원한 잔디밭처럼 보였으나 깨진 바닥 사이로 뚫고 핀 풀들은 녹았다. 한바탕 소동을 치고 나야 시원해지던 마당에서 낮에 놀지 못했던 신명을 밤이 늦도록 풀고 놀았다.

가을이면 멍석이 되었다. 그 위에 곡식을 가득 널어놓고 아버지는 긴 나무 막대기로 왔다 갔다 긁어 라고 하셨다. 맨발로 나락 위로 걸어 다니면 나락은 발바닥을 콕콕 찔렀다. 나도 지지 않을 새라 막대기로 꾹꾹 더 찔렀다. 긁어야 하는 것을 찌르고 있었으니 일이 줄어들 리 없었다. 도와준다는 것이 일을 더 만들었지만 아버지 미소에서는 가을이 주렁주렁 달려 있었다.

겨울에는 얼굴이 또 달랐다. 배추와 무가 차지했다. 그것들을 산더미처럼 쌓아놓고 좋은 것은 골라서 장날에 내다 팔았다. 동생들의 작은 손도 때로는 쓰였지만 자기 덩치만큼 큰 배추를 다듬는다고 끙끙거리다가 결국은 장난기가 발동했다. 배춧잎을 던지고 작은 무를 공처럼 던지다가 혼쭐이 났다. 혼쭐은 거기에서 끝나지 않았다. 산으로 쫓겨 올라갔다. 땔감과 솔잎을 걷어서 짚을 만들고 들에서 말린 소똥을 주워야 했다. 우리는 편을 지어 그것들을 주우러 다녔다. 모두가 힘에 넘치도록 해 온 땔감들을 마당의 구석진 곳에 차례차례 예쁘게 단장시키고 나면 겨울준비는 끝났다.

어릴 적 우리 집 마당은 바다였다. 우리의 바다는 한 시도 출렁거리지 않는 날이 없는 제주도의 한바다였다. 바다는 지금처럼 빈터도 없었으나 협동심도 가르치고 형제애도 키워줬다. 나는 그런 바다를 잊지 못해 시골집을 샀다. 제주바다를 닮은 바다.

시골마당은 고운 뜰이다. 미역 대신 개구쟁이의 장난 대신 꽃과 새들이 차지하고 있다. 그러나 나는 추억을 대신하여 꽃대들을 모은다. 잔가지 속에서 마당에 짚불을 놓으시던 아버지를 떠올린다. 불장난 하면 자면서 오줌 싼다며 남의 집에 소금 얻으러 가기 싫으면 불장난 그만 두라고 말려도 장난치다가 눈이 매워서 울고 다녔다. 우는 것인지 웃는 것인지 몰랐던 어린 시절 속에서 눈물이 흐른다.

마당은 곳간이 아니고 뜰도 아니라도 좋다. 옛 생각에 나서 눈물을 흘리는 곳이면 더 좋겠다. 서리가 반짝인다. 그리워서 나는 눈물 남편에게 핑계를 댄다. 딴전을 피우는 것을 모른 척 해주는 남편은 떨어진 잎새만 줍는다.

시아버님의 사랑

하루에도 수십 번 메시지가 울어댄다. 급하게 받으면 의도적인 메시지에 화가 날 때가 한두 번이 아니다. 은행에서 보내온 친절한 대출 메시지까지도 짜증이 나서 몽둥이로 치듯이 팍팍 쳐서 날려버리기도 한다. 날마다 메시지와의 전쟁을 치른다고나 할까?

그래서 그에 대항하듯 외면할 때가 많은데 하필이면 긴급한 것을 안 받아서 사고가 생겼다. 일요일 늦은 저녁 시간에 둘째형님한테서 전화가 왔다.

"동서, 어디까지 왔어. 식구들이 기다리고 있는데….." 오늘 제사라고 낮부터 문자를 몇 통이나 보냈는데 무슨 일이 생겼느냐며 오히려 걱정스럽게 물으셨다. 물론 처음에는 화가 나셨다가 아무 기척이 없으니 걱정이 오죽하셨을까 싶으니 어디 쥐구멍이라고 숨고 싶다.

오늘 증조할아버지 제사라고 남편한테 이르고 급하게 챙겼지만 무거운 침묵을 감당하기 어렵다. '아무리 바빠도 제사를 잊어버리다니' 나의 엉뚱한 건망증에 남편도 당황스러워하기는 마찬가지다. 일이 생겨서 갈 수가 없다고 전화를 하라고 했지만 사실대로 말씀드리는 것이 좋을 것 같았다. 말 한마디의 무게가 이렇게 무거운 것인 줄이야.

바른대로 말해야 한다면서도 입이 떨어지지 않는다.

"형님 죄송합니다. 휴일이라서 도자기 불을 지피느라 정신이 없었네요. 지금 출발할게요."라고 해 놓고 대답도 듣기 전에 얼른 끊었다. 초조하게 서성이던 남편은 제삿날을 기록 해 두지 그랬냐며 짜증 섞인 투로 말했다. 기록을 잘 해 두었어도 오늘의 실수는 변명의 여지가 없다.

십 여 년 전에도 이런 일이 있었다. 그때는 시아버님이 계실 때였다. 시아버님께서는 집안 대소사를 일일이 알려주시기도 하셨지만 하루 전에 꼭 전화로 통보하시기를 즐기셨다. 어느 날 전화 벨소리가 요란하게 울렸다. 여느 때처럼 아버님 전화였다.

"아버님, 낼 제사인 줄 알고 있는데요." 하며 내가 알고 있음을 전했다.

"오늘 제사다. 빨리 오너라."

간단한 한마디만 전하고 끊으셨다. 처음으로 시아버님의 냉정한 목소리에 회초리로 매 맞은 느낌을 받으며 정신이 번쩍 들었다. 다급한 마음으로 남편과 서둘러 시댁으로 향했다. 대문을 열고 마당에 들어서자 발은 천근만근 무거웠다. 도저히 거실로 들어갈 수 없어 서성거렸다.

아버님은 무서운 목소리로 "너희들 안방으로 들어 와라"며 우리 내외를 불러 들였다. 호통을 치시고 역정을 내시는 모습을 처음으로 본 나는 사시나무 떨듯 새파랗게 질려서 한 발자국도 움직일 수 없었다.

그러나 곧이어 "안방 문 닫고 여기 가까이 앉아라."시며 한쪽 눈을 찡긋거리며 미소를 보냈다.

"내가 이렇게 야단치지 않았으면 너는 어머니한테나 형님한테 죽었다."시며 귓속말로 "나가서 싹싹 빌어라."시며 머리를 쓰다듬어

주셨다. 철없는 며느리 행동을 예쁘게만 봐 주시던 시아버님께 죄송한 마음은 그 당시에도 고개를 들 수 없었다. 그런 일로 기가 죽을까봐 며칠을 연이어 전화로 다독여 주시던 시아버님의 자상함을 지금도 잊을 수 없다.

시아버님께서는 내가 남편과 연애 할 때부터 든든한 나의 후원자였다. 직장을 다니면서 공부하는 것을 칭찬해 주셨다. 그리고 직장 가까이 오셔서 점심을 사 주시기도 하시고 친정동생들까지 용돈을 찔러주시기도 하셨기에 동생들도 무척 따랐다. 내가 동생들 뒤치다꺼리하는 것이 애가 마르신 시아버님께서는 결혼식 올릴 때까지 편하게 지내야 한다며 대학교 졸업과 동시에 약혼식을 올리게 했으며, 결혼식을 석 달 앞두고 시댁 미리 들어오라 하셨다.

시아버님께서 그렇게 한 이유는 객지에서 힘들게 바둥대는 모습이 너무 안쓰러워 따뜻한 밥이라도 얼른 해 먹이고 싶다며 서운해 하시는 친정어머니께 양해를 구하셨다.

형제들 속에서 부모님의 사랑을 흠뻑 받기는 쉽지 않다. 그러나 시아버님과 나는 부녀처럼 잘 지냈다. 숫기가 없던 나는 조잘조잘 말도 잘하게 되었고 어려운 일은 미주알고주알 의논하기도 했다. 그럴 때면 남편은 든든한 후원자가 있어서 좋겠다며 전화기 벨소리만 울리면 "당신 아버님이야"하며 자리를 뜨면서 눈을 흘긴다.

올해는 아버님이 돌아 가신지 10년이 되는 해다. 다른 사람은 몰라도 아버지는 하늘나라에서도 당신을 지켜 주실 거라고 위로하던 남편 왈, "아 참, 당신이 아버지 기일 깜빡 잊고 혼날까 봐 부처님오신 날로 당신의 기일을 정해 놓으셨잖아"

기일을 깜빡하는 며느리가 정말 걱정이 되셨는가 싶으니 눈물이 줄줄 흘렀다. 남편이 옆에서 웃을수록 눈물의 속도는 더 빨랐으니 얼마나 울었을까.

머지않아 4월 초파일이다. 이번 주말에 시아버님 산소에 가야겠다. 황당한 그날의 실수를 말씀드리고 한 눈으로 찡긋해 주시던 아버님이 그립다고 말씀드려야겠다.

잔인한 이별

내가 자주 찾는 승학산은 그다지 높지 않아 남녀노소 할 것 없이 즐겁게 찾는다. 오늘은 봄 허리가 휘이도록 늘어선 잎들도 빽빽하게 햇살 길을 틔우며 가지각색의 명암으로 더욱 아름답다. 가끔 스치는 사람들과 눈인사로 서로의 안녕을 주고받으며 오르다 보면 어느덧 정상에 와 있다.

승학산은 다른 산과 달리 다양한 등산코스를 가지고 있다. 그다지 높지않아 쉽게 오를 수 있는 곳이며 이곳은 명소가 따로 없다. 이 산이 명소다. 가끔 스치는 사람들 산길 옆으로 비켜 가며 때로는 앞서거니 뒤서거니 한다. 눈인사로 서로의 안녕을 주고받기도 한다. 그렇게 오르다 보면 어느덧 정상에 올라와 있다.

나는 산을 찾을 땐 누구와 약속 없이 혼자다. 나만의 시간을 내어 나를 깨우고자 할 때가 많다. 때로는 삶이란 무엇일까? 라는 무거운 화두를 짊어지고 오르기도 한다. 승학산은 그런저런 것들을 잘 풀어주어 나한테는 항상 준비되어있는 산이기도 하다.

봄이 익어가는 어느 날, 둘째 아주버님이 비명으로 62세의 나이로 세상과 이별을 했다. 뜻밖의 사고로 인한 청천벽력이었다.

회사에서 직원들과 일을 하다가 직원의 실수로 큰 폭발 사고가 났다. 직원들은 가벼운 화상이었지만 아주버님은 몸 전체 3도 화상을 입었다. 정말 믿을 수 없는 사고였지만 우리는 받아들일 수밖에 없었다. 갑작스런 이별 앞에 모두들 하늘이 무너지고 땅이 꺼지는 것 같았으며 말로 표현할 수 없는 현실에 모두가 넋을 놓고 있었다. 고통의 터널 속으로 빠져든 가족 친척들은 서로의 어떤 위로도 해결되지 않는 슬픔에 찼다. 그 당시 슬픔은 무겁고 잔인한 것이었다.

시간을 되돌려 본다. 남편과 만나 시댁에 인사를 갔다. 시댁은 삼대가 살고 있었으며 잔칫집처럼 북적거리는 화목한 집안이었다. 식구들은 이구동성으로 "동생은 너무 착하고 말썽 한번 부린 적 없고 우리 집 막내라서 사랑도 혼자 독차지 했다며 대학을 졸업하고 나서 결혼을 생각해보라."고 했다. 3남1녀의 형제들은 서로의 믿음과 우애가 특별했다. 서로를 위해주며 행복 중심으로 살아가는 집안 분위기가 낯설기도 했으나 부러움이 앞섰다. 부모님을 모시고 화목하게 지내는 모습을 보면서 가족의 행복이란 물질적인 것이 아니라 이렇게 끈끈하고 서로를 이해하며 인정해 주는 것이란 걸 그때 느꼈다.

나는 청소년 시절 언니와 제주도를 떠나 부산 이모 집에서 지내게 되었다. 부모님과 일찍 떨어져 살다보니 외로움도 많았다. 가족들이 보고 싶을 때면 바닷가를 찾았다. 바다는 그리움을 달래주는 고향이었다. 학교를 다니고 직장생활을 하면서도 고향에 대한 갈증은 더 심했다. 온 가족이 함께 사는 것이 소원이 되었을 때였다.

두 분 아주버님은 회사를 운영했다. 일찍이 현장에서 일을 하며 노력한 결과 모두 성공한 회사대표였다. 남부러울 것 없이 편안한 생활을 즐기는 가족들은 행복 그 자체였다.

그 행복도 잠시 첫째 아주버님은 오십을 채우지 못하고 하늘나라로 떠나셨다. 갑자기 찾아온 병마는 6개월이란 시간을 주었다. 준비되지 않은 이별에 어린 조카들과 가족들은 모두가 고통이었다. 나락으로 떨어진 어둠은 우리 모두를 흔들어 놓았다. 서로의 어떤 위로조차 해결되지 않았다.

설상가상으로 IMF까지 불어 닥쳤다. 대표가 없는 회사는 심각한 상황이었다. 급기야는 회사가 부도 위기까지 몰리는 심각한 날들이었다. 태풍처럼 밀어닥친 일은 부모님 집까지 경매가 들어왔다. 시부모님께서는 자식을 잃은 슬픔을 뒤로 하고 문제를 해결할 방법을 찾아 나섰다. 가족들이 의논 끝에 남편의 이름을 회사대표로 올리는 거였다. 문제를 제시할 여유도 없이 잘 다니던 직장을 그만두고, 벌려놓은 부채는 감당하기에는 어려운 상황을 맡았다. 또한 큰아주버님 가족까지 책임져야 했던 것이다.

가족의 삶을 책임진다는 것이 얼마나 힘들고 어려운지 그 현실과 맞닥뜨린 그때는 몰랐다. 나중에는 왜 이름을 빌려줘서 이 고생인지 남편이 원망스러웠다. 내가 더 적극적으로 반대했으면 이런 불행은 막았을까? 시어머님께서 "에미야 미안하다. 우리막내 지켜 달라"고 부탁을 했을 때 묵묵부답으로 있었던 내 자신이 원망스러웠다.

불행은 겹쳤다. 시부모님 또한 그 빚을 해결하지도 못하고 우리들과 이별을 했다.

한꺼번에 마주한 죽음 앞에 잘잘못을 따진다는 건 아무 의미가 없었다. 삶과 죽음을 마주하면서 우리는 많은 것을 내려놓았다.

요즘, 남편은 말이 없다. 원래 조용한 성격이지만 큰 사건을 치르고 나서 더욱 말이 없어졌다. 남편 눈치를 살피느라 나의 슬픔도 숨어버렸다. 우리는 자주 무언의 대화를 나눈다. 남편의 쓸쓸한 뒷모습에는 세찬 바람이 일렁인다. 바람의 무게만큼 온 가족들을 짓눌리는 불행은 다시 되풀이되어서는 안 된다.

가족에 대한 더 깊은 이야기는 수심 깊은 곳에 넣어두었다. 언젠가 고통의 실타래를 풀어줄 날을 기다리면서.

아픈 독후감

아침 설거지가 막 끝날 무렵 딸이 부른다. 돌아보니 방긋 웃으며 뒷모습이 너무 예쁘다면서 애교를 떤다. 돈이 필요한가. 아니면 무슨 문제가 있어 다른 날과 다른가. 의아증과 궁금증이 교차했지만 덮었다. 떠들썩하게 출근을 하는 딸에게 담담한 어제의 표정을 지었을 뿐이다.

우리 가족은 뿔뿔이 흩어져 살고 있다. 직장 때문에 딸은 창원에서 남편과 함께 살고 있고 아들은 기숙사에서 생활하고 있다. 나는 세 군데를 옮겨 다니며 도와주고 있지만 가족들은 사랑이 부족하다는 느낌이다. 직장생활을 하며 파출부가 아닌 파출부처럼 살림을 한다는 게 쉬운 일은 아니지만 어릴 적 못해준 것에 대한 미안함을 이렇게라도 보상해주고 싶다. 그들은 내 걱정을 하지만 힘든 내색보다는 많이 챙겨주지 못하는 마음이 앞선다. 다함께 만나는 횟수는 잦지 않다. 만남을 유선과 무선으로 소통을 대신하는 때가 많으니 오늘 같은 날은 수선을 떨어도 되는데 딸을 보내놓고 후회하면 무엇 하리.

딸은 중학교 졸업과 동시에 뉴질랜드로 유학을 떠났었다. 한국에서 가족과 함께 살고 싶다던 딸의 의견보다 부모의 욕심으로 독단적으로 내린 결정이었다. 딸은 부모의 눈치를 살피며 유학 준비를 했으니 동생이 볼 때 걱정스러웠나 보다.

"누나, 그곳에서 자리를 잘 잡고 있어 나도 금방 따라갈게"

몇 날 며칠을 누나의 눈치를 살폈다. 그런저런 날을 보내고 뉴질랜드까지 내가 동행 하기로 결정했다. 막상 뉴질랜드에 도착을 하니 한국에 있는 가족들이 걱정이 되었다. 딸은 나의 눈치를 알아차리고 한국으로 돌아가라고 했다.

딸은 유학 생활을 잘 견뎌 주었다. 딸의 힘듦을 걱정하면 오히려 나를 위로하는 딸이었기에 항상 미안했다. 영상통화를 하면 내가 먼저 눈물이 앞을 가려 이야기도 제대로 못하고 아쉽게 끝난 적이 한두 번이 아니었다. 딸보다 나의 외로움과 불안이 더 심했다. 허기지듯 아이들 얼굴이 보고 싶었다. 가끔 목이 바짝바짝 타 들어가는 갈증은 영상통화로도 해결되지 않아 며칠을 앓아야 끝났다.

내가 어릴 적에 텔레비전이 우리 집에만 있었다. 그러다 보니 동네 사람들은 삼삼오오 들이닥치기 일쑤였으니 하루도 조용할 날이 없었다. 잔심부름이 많았다. 어머니에게 자연히 불만이 생겼다. 동네 사람들은 왜 우리 집에 와서 우리를 힘들게 하냐며 투덜댔다.

어느 날이었다. 연속극 〈여로〉 시간이 되어 동네 사람들과 텔레비전 앞에서 집중했다. 연속극이 끝나면 뉴스를 보는 것은 자연스럽게 연결이 되었다.

"여기서 공부해봐야 해녀나 된다. 우리 같은 시골 사람밖에 안 돼, 너도 언니처럼 도시에 나가서 공부하면 힘들지 않을 텐데." 외삼촌이 텔레비전에 빠진 우리를 보며 한 마디 했다. 그 말을 듣는 순간 내 심장이 쿵 하고 내려앉았다. "그래 육지로 나가는 거야" 혼잣말로 중얼거렸다. 어머니의 잔소리도 동생들 뒤치다꺼리도 벗어나는 절호의 찬스를 만들어야겠다고 다짐을 했다. 그때부터 〈여로〉드라마를 끝나면 〈뉴스〉까지 계속 보기로 했다. 석고상처럼 그 자리에 버티고 섰으니까 성질 급하신 어머니의 목소리는 연일 벼락을 쳤다.

빨리 집을 벗어나고 싶었지만 내 스스로 할 수 있는 게 아무 것도 없어서 선택한 버팀이었다.

그러던 어느 날 중학교에서 좋은 기회가 생겼다. 졸업과 동시에 제주도를 떠날 수 있게 된 것이다. 그때는 어머니의 품을 떠난다는 것이 신났고 행복했다. 엄마의 마음을 생각하기보다 내 걱정하는 당신이 싫었다. 관심을 가지는 것조차 짜증났다. 이모네로 전화 오면 고향으로 내려오라는 말이 나올까 봐 불안한 마음에 매몰차게 말하곤 끊었다. 모진 딸이었다. 어쩌면 그렇게 어머니의 마음을 알지 못했을까. 그랬다. 단지 내 생각에 사로잡혀 벗어나고픈 욕망이 더 많았던 시절이었으니까.

딸을 보면 나는 자꾸 어머니를 무참하게 했던 그 시절의 나와 비교하게 된다. 철이 너무 든 아이와 철이 덜 들어서 괴롭혔던 아이가 그 딸을 보면서 어머니의 마음을 읽는다. 참 아픈 독후감이지만 그저 딸이 고마울 뿐이다.

가족은 말을 하지 않아도 다 알 것이라는 단정이 서로를 불편하게 하는 올가미가 된다. 옭아매어 있던 것의 상처가 대물림되어 불편한 가족이 되는 것을 주위에서 보기도 한다. 은연중에 가족의 말에 귀 기울이지 않는 나를 보면서 후회한다. 행복한 가족, 그 열쇠는 가족 안에 있다는 말처럼 요즘은 가족 간에도 눈치가 필요하다고 생각한다.

부모와 떨어져 살면서 우애가 깊어진 두 아이는 다정한 누나와 동생의 모습이다. 그래서인지 딸의 핸드폰에 동생의 전화번호는 이름보다 '내 새끼'로 저장되어 있다. 참 깜찍한 발상이지만 왠지 내가 미안하다.

댄스 그리고 공포

그날따라 마음이 착잡한 늦은 저녁이었다.

"리모컨 어디 있냐?"며 투덜거리는 남편의 말에 맞대응이라도 할 듯이 눈을 흘겼다. 텔레비전을 보고 나면 제자리에 두지 않고 아무 곳에나 놓아둔다며 구시렁거리면서 구석구석 찾아다녔으나 보이지 않아 포기하고 앉았다. 그런데 딱 눈에 든 리모컨, 마치 열이 오른 두 사람을 조롱이라도 하듯이 탁자위에 있는 것이 천연덕스럽다.

"여보, 빨리 와 봐, 저 바다 좀 봐"

남편의 갑작스런 호들갑이 못마땅하였다. 하지만 저것 좀 보라고 재촉하는 말에 얼른 가 봤다. 스쿠버가 찾아간 바다 밑의 광경이 화면을 장식하고 있었는데 차마 눈 뜨고 볼 수 없다. 물고기들의 아수라장이다. 마구잡이로 버려진 그물은 물고기들의 길을 막고 그 길을 지나는 물고기들을 마구잡이로 죽이고 있다. 육지에서 일어난 전쟁터를 방불케 하는 그 광경에 치가 떨렸다.

그물은 침략이다. 망마다 걸려있는 물고기들의 아우성이 들리는 다큐멘터리가 현실이 아니기를 간절하게 빌고 있는 것은 나의 어리석은 바람이 아니길 바라며 내가 본 바다 밑의 광경을 주마등처럼 떠올랐다.

나의 고향은 제주도이다. 바닷가는 나의 놀이터였다. 친구들과 모래집을 만들고 금방 무너뜨리기도 하고 다시 짓고 근사한 모래집의 주인이 하루에도 수십 번 되었다. 가재를 잡아와 모래집 속에 가둬두기도 하고 풀어주기도 하고 바닷가에서는 이루어지지 않는 것이 없었다. 썰물이 들어오면 헤엄을 치고 놀기도 하고 밀물이 되면 더 넓어지던 나의 놀이터가 있었기에 그 시절은 넉넉했다. 넉넉한 것은 여유를 만들었다.

백중날에는 해수욕을 해야 부스럼이 좋아진다며 달빛이 내린 하얀 밤에 친구들과 물속에서 숨바꼭질도 했다. 친구 몰래 물밑으로 잠수하여 발가락을 끌어당기면 자지러지게 웃던 밤은 백중이 아니어도 달빛이 유난히 밝은 날이었다.

어느 날 엄마한테 물질하는 것을 가르쳐 달라고 졸랐다. 아직 어려서 위험하다는 엄마를 졸졸 따라서 엄마가 따오는 미역, 소라가 들어있는 망태를 바다 중간에서 받아서 헤엄을 쳐서 뭍으로 가져오기도 했다. "힘든 물질을 왜 배우려고 하니? 해녀의 삶이 얼마나 힘든데"라며 가끔씩 한숨을 내 쉬쉬는 엄마의 말은 뒤로 하고 뙤약볕이 내리쬐는 밭에서 일하는 것보다 시원한 바다에서 헤엄치며 엄마를 도우는 것이 더 신날 것 같아서 어느 여름 날 더 졸랐다.

마침내 그 여름은 나에게 바다를 열어주었다. 인어공주의 몸짓으로 수면을 물갈퀴로 헤치며 바닷속으로 들어갔다. 바닷물은 눈부시게 흔들리고 물고기들은 황홀한 군무를 추며 환영했다. 아름다운 것은 꽃처럼 피어나 있는 미역뿐 만이 아니었다. 나는 인어가 되어 암초위에서 반짝이는 빨간불가사리의 옆을 스치기도 하고 숨어있는 고동을 찾아내기 하며 처음 간 본 곳이지만 낯설지가 않았다. 느닷없는 나의 출현에도 아랑 곳 하지 않는 물고기들과 금방 친해져서 지느러미를 같이 움직이고 다녔다.

숨이 차서 물 밖으로 나와 입으로 큰 숨을 내뱉고는 다시 들어가기를 반복하면서 나의 호흡은 날이 갈수록 길어졌고 놀이터는 바다 밑으로 바뀌었다. 어느 날 소라가 모여 있는 곳을 발견했다. 얼른 나가서 엄마를 데리고 왔다. 그런데 내가 봐 두었던 곳이 아니었다. 아무리 헤매도 나는 물길을 따라 다른 곳으로 흘러가 있었다. 엄마는 "소라 해삼이 들어있는 망태를 주며 퇴약을 붙잡고 가만히 쉬고 있으라" 했다. 그때 바다 밑에 엄마랑 있는 것이 큰 안심이 되었다.

남편과 한동안 수영을 다녔다. 그가 수영에 자신이 생겼을 때 스쿠버다이빙을 하자고 제의를 했다. 당신은 바닷가에 살아서 무섭지 않겠지만 나는 조금은 두렵다고 했다. "바닷속 풍경이 얼마나 아름다운지 모르지"라며 살살 약을 올렸다. 그래도 그의 반응이 미미했다.

그래서 약을 올리기보다 호응할 수 있도록 유인했다. 물에 빠지면 구해줄 인어공주가 있는데 뭘 걱정하냐며 안심시켰더니 마음이 통했는지 남편은 장비를 구입하고 스쿠버 강습을 받았다. 나는 바닷속 풍경들과 랑데부할 생각이 앞서 하루하루가 너무 더디게 지나갔다.

어느 날 드디어 다이빙을 했다. 강렬한 태양은 바다 수면에서 한 줄기 빛으로 바뀌어 깊고 깊은 바닷길을 안내했다. 오색 빛으로 물들인 바다는 수경 안으로 빨려 들어왔다. 육지에서 볼 수 없는 바다 속 풍경을 시선에 담아내느라고 한참이 걸렸다. 인어공주의 춤은 어땠을까하면서 우아하게 춤을 추며 물결을 타고 물밑으로 내려갔다. 인어가 되어 물고기 떼와 물길을 따라 바다 속을 거닐었다. 산호초들도 하얀 드레스를 입고 물길노래를 부르고 해초들은 리듬을 맞추어 춤을 추며 덩달아 곡선을 드러내는 화려한 시간이 물속에서 펼쳐졌다.

콧부리 혹돔은 나를 맴돌며 '너 누구냐' 며 경계하는 것 같아서 동그라니 물거품을 띄우며 안심하라고 신호를 보냈다. 바다 궁전에서 환상적인 쇼를 한 느낌이다. 이렇게 아름다운 곳이 육지에 있다면 얼마나 좋을까? 누구나 볼 수 없는 풍경이 너무 아쉬웠다.

우리는 두 사람씩 팀을 만들어 수심 30m을 넘는 깊은 바다로 들어갔다. 한참을 내려 가보니 암초에 부서진 배가 부식이 되어 가라앉아 있고 부식된 그물 사이로 물고기들이 들락거리고 있었다. 일행은 가까이 오라는 신호를 보내왔다. 여느 바다와 다르게 이곳은 어두웠다. 약간의 두려움은 호기심으로 지워지자 용기가 생겼다. 부서진 배 밑을 손으로 누르니 비행접시처럼 큰 가오리가 나를 위협하며 달려들었다. 순식간에 일어난 일이라고 순식간의 방어가 어떻게 일어났는지 모르겠다. 다만 살아야 한다는 마음이 힘으로 작동해서 물 위로 올라가려고 발버둥 쳤다. 같이 있던 일행도 당황하여 나를 향해 천천히 올라가라는 수신호를 보냈지만 신호를 지킬 겨를도 없이 몸부림을 치며 물위로 올랐다.

그날 이후 바다에 대한 막연한 공포가 해일처럼 몰려와서 다이빙을 즐기던 일을 멈추게 되었다. 물고기들이 그물에 포획되어 요동을 치는 모습에서 그 공포가 떠오른다.

그 당시 가오리가 영역을 지키려던 그 날카로움은 어쩌면 너무 당연했다. 그런데 물고기들이 어찌할 수 없는 무례한 짓이라고 한다면, 그들 세상에 쓰레기를 버린 사람들은 파렴치한 짓을 한 것이 아닌가. 바꿔 생각하면 고속도로 가운데에 쓰레기를 방치하고 있는 것과 다르지 않다.

그 다큐멘터리를 본 사람들은 이 밤을 모두 뒤척이리라.

김치치레

김장철이다. 내가 어릴 때는 이웃집 아주머니들이 우리 집 김장을 함께 하는 걸 보아 왔다. 그런데 나는 이맘때가 되면 손이 모자라는 것을 남편의 손을 빌려서 하기 때문에 남편의 스케줄에 신경을 쓴다. 텔레비전을 보면서 채소며 고추 값에 귀를 기울이다가 젓갈이며 양념을 어떻게 준비할지 그이한테 은근히 물으며 자연스럽게 김장 날을 잡는다.

세상이 변하면서 부엌 풍경도 변했다. 김치냉장고는 늦게 들어 왔음에도 우리 집 부엌에서 터줏대감인 냉장고와 키 재기를 하고 있다. 만약에 냉장고가 말 할 수 있다면 분명히 이렇게 말할 것이다. 김치냉장고를 보면서 격세지감을 느낀다.

작년에 워낙 배추 값이 비싸서 올해는 우리 동네에서도 배추를 많이 심었다. 앞모종이 남았으니 텃밭에 심어보라며 준 씨를 흙을 고르고 거름을 주며 정성껏 가꾸었다. 햇빛과 바람을 골고루 맞아가며 배추는 쑥쑥 자라서 마당은 초록색 꽃으로 만발하였다. 하루가 다르게 커 가는 배추를 끈으로 묶어놓으니 배가 불룩하게 속이 차고 성장 속도만큼 나의 기대도 커서 김장하는 날만 손꼽아 기다렸다.

김장 날을 받아놓고 며칠 동안 양념을 준비한다고 종종걸음으로 시장을 누비고 다녔다. 더 싸고 질 좋은 것을 찾느라 이곳저곳을 기웃거렸다. 고추 값이며 양념값이 작년보다 두 배나 뛴 데 비해 배추와 무우 가격은 바닥을 쳤다. 문득 농민의 비통한 모습을 값으로 보는 것 같아서 마음이 너무 아팠다. 우리 동네에서도 애지중지 가꾼 채소가 헐값이라며 투덜대는 어르신들 보면서 위로한다고 한 마디 했다. "그래도, 고추 값은 많이 올랐잖아요?"

위로한답시고 했지만 얼굴을 바로 쳐다 볼 수 없었다. 이마의 주름만큼 마음의 주름이 깊어진 것을 눈치 채기가 민망했다.

"남은 건 제가 살게요"

내가 직접 키운 배추에다 보탰다. 마당은 배추와 무가 산더미처럼 쌓였다. '저걸 어떻게 소금을 치고 절일까?' 퇴근하면 남편이 깜짝 놀랄 걸 생각하니 긴장이 되었다.

나는 섬에서 자랐다. 밀물과 썰물이 밀려오는 바닷가에서 조개도 잡고 그물로 멸치도 잡으며 놀았었다. 봄이면 아버지와 우리는 멸치 잡으러 조개 밭으로 달려 나간다. 멸치 떼가 몰려왔다하면 동네는 시끌벅적 난리가 났다. 어른 아이 할 것 없이 모두 손에 무엇인가 들고 뛰기 시작한다. 그 손에는 그물이나 그물대신 찢어진 모기장 낡아서 덜렁거리는 소쿠리까지 들고 바닷가로 달려간다. 바닷가 조개 밭은 은색 빛 그림을 그린 듯 일렁이고 멸치들은 춤을 추며 우리를 유혹했다. 이손 저손으로 물을 튀기며 멸치 떼를 따라다니는 동생들도 한 폭 그림이었다.

"뛰어다니지 말고 그쪽에서 이쪽으로 흘려보내라, 그러면 우리가 소쿠리로 올릴 테니까?"

동생들은 자기들이 제대로 일을 하는 줄 알고 물장구를 치며 신이 나서 말을 잘 들었다. 우리는 멸치를 한 가득씩 양푼에 담고 뒤뚱거리며 집으로 왔다. 비닐로 감쌌던 몸은 멸치의 은색 옷을 다 빼앗아 입어 번쩍번쩍 빛났다. 비린내가 온 집안 구석구석에 진동했지만 비린내조차도 우리를 풍요롭게 깔깔대고 웃게 했다. 멸치젓이 그렇게 우리 식탁에 오는 것처럼 김치도 우리 가족이 함께 해서 식탁에 올랐다.

어머니는 양념 준비를 하고 아버지와 우리는 경운기에 배추를 한 차를 실어 바닷가로 향했다. 출렁이는 파도를 피해 돌 틈 사이 바닷물에다 배추를 차곡차곡 담그고는 그 위에 돌을 올리고 그물로 떠내려가지 않게 고정을 시키면 끝이 났다.

늦은 가을날 얼굴은 해풍을 맞아 벌겋게 달아오르고 입술은 시퍼레지고 손은 퉁퉁 부어 벌레가 기어 다니는 것처럼 지글거리는 느낌이었다. 손이 너무 시려서 입가에 대고 호호 불어보았지만 따뜻해지기는커녕 손이 더 잘라져 나가는 것 같았다. 그러나 아버지는 아무렇지도 않은 듯 태연하게 바닷물에 배추가 떠내려가지 않게 마지막 정리를 하셨다. 아버지의 시계에 맞춰 모두가 배추를 건지러 바다로 갔다. 경운기가 가득 담겼던 배추는 반으로 줄어들어 처음보다 일이 너무 수월했다. 양푼과 대야에 하나씩 이고 나르면서도 신이 났다. 몇 번을 반복하면서 멀리서 자랑스럽게 '아—버—지—' 하고 부르면 함박웃음을 보내주시던 아버지는 햇볕보다 따뜻했다.

금요일 저녁에 남편과 배추 절이기로 약속하였다. 날씨는 추웠지만 약속을 한일이라 불만 없이 해야만 했다. 그이는 배추를 절반으로 자르고 나는 소금을 뿌렸다. 허리가 아프고 다리가 아팠지만 우리는 무언의 대화로 서로 쳐다보고 웃고, 또 쳐다보고 함께 웃기를 반복하면서 속도를 줄였다. 그 다음 날 물 빼는 작업도 만만찮았다.

드디어 일요일, 김장하는 날이다. 직장 다니던 딸이 도와준다며 집으로 왔다.

"엄마 왜 힘들게 이렇게 김치를 많이 해"

"이렇게 많이 해도 다 나누어 줄 거면서……."

또 말을 흘렸다.

"많이 해야 놀러온 사람들에게 부담 없이 엄마가 잘 만드는 김치 찜이라도 맛을 보이지"

남편이 내 편을 들며 분위기를 띄웠다. 식탁위에 비닐을 깔고 큰 대야에다 먹음직스럽게 양념장을 만들어 놓고 절인 배추와 무는 부엌으로 줄을 서 있다가 한 움큼씩 불려나왔다. 항아리 뚜껑에다 간이 적당히 밴 배추에 양념 속을 쓱쓱 발라 남편에게 한입 넣어 주었다. "나도" 하면서 딸이 입을 벌린다.

"엄마 아삭아삭 너무 맛있다. 요즘 파는 김치보다 엄마가 하는 게 맛있다." 연신 칭찬과 아양을 아끼지 않고 퍼 댔다. 그것도 칭찬이라고 듣기 싫지는 않았다.

그런데 갑자기 밖에서 인기척이 들려왔다. 윗집 아주머니가 빨간 고무장갑을 끼고 들어오며 부르지 왜 혼자 힘들게 하냐며 나무랐다.

"원래 시골에서는 품앗이를 하는 것이여, 서로 도와가며 살아야 정이지"

노랗고 하얀 속살의 어여쁜 배춧잎을 양념을 발라 한입 넣어 드렸더니, 짜지도 않고 시원하니 됐다하며 내 입에도 쑥 밀어 넣어 주었다. 한 장, 한 장 세심하게 양념을 바르고는 잘 버무린 배춧잎 한 장을 돌돌 말아 양념이 새어나오지 않게 깔끔하게 마무리를 하였다. 손은 점점 빨라졌다. 김치냉장고며 항아리를 다 채우고 나니 밖은 어둠이 짙게 깔렸다. 볏짚을 엮어 항아리 위에 씌우고 나니 추수를 거둔 농부의 마음처럼 든든했다. 햇볕과 바람을 맞으며 숙성되어갈 김치를 떠올리니 군침이 쏴아 돌았다.

내년에 지인들이 들리면 맛있어 하겠다 싶으니 조급하게 내년이 기다려진다. 주부의 자존심이기도 한 '김장 김치 맛', '김치 담그기"를 포기하지 않을 것이라고 딸에게 이른다. 김장을 담그고 나면 개운한 맛은 세상의 무엇과도 바꿀 수 없는 맛이기 때문이다.

고사리 장마

제주도는 4~5월부터 고사리장마가 시작한다. 부슬부슬 내리는 안개비는 습한 들녘을 머금는다. 추적추적 오는 고사리장마로 인해 이시기에는 고사리도 잘 자란다.

비가 오고 난 후 다음날 새벽부터 중산간의 오름이나 목장의 초지로 고사리를 꺾으러 나가는 사람이 많아진다. 고사리 따기가 가장 좋을 때는 비가 내리고 그친 어스름한 새벽이 안성맞춤이다.

나도 초봄이 시작 되면 고향으로 내려간다. 겨울 내내 비워 두었던 고향집 관리하기도 하고 마을친구들과 만나서 수다를 떨고 고사리 꺾으러 가기도 했다.

꼭두새벽부터 우리 집 마당으로 발자국 소리가 들려온다. 마을친구들은 비닐 포대를 옆구리에 차고 완전 무장을 하고 왔다. 빨리 산을 올라가야 고사리밭 자리를 차지하고 많이 채취할 수 있다고 수선을 떨었다. 우리는 오름 옆 길가에 주차를 하고 들판 언덕을 올랐다. 유년에 두고 간 기억이 고사리가 잘 보이는 곳으로 데리고 갔다. 덤불속에는 통통한 얼굴로 수줍게 고개를 내민 고사리는 어린아이가 움켜진 손 모양이 닮아 있었다. 이슬을 머금고 자란 덕에 제라진 고사리가 쑥쑥 올라와 눈을 즐겁게 했다. 친구들은 빨리 꺾고 구석진 찔레꽃 가시덤불 속으로 들어오라고 손짓을 했다. 꼬물꼬물 제법 굵직한 것들이 땅속에서 피어올라왔다. 추운 겨울 엄동설한에서 잘 견뎌낸 강인한 생명력에 나는 겸손해졌다.

갈색으로 갈아입은 벌판에는 사람들이 삼삼오오 모여 벌써부터 고사리를 따는 똑똑똑경쾌한 소리가 들려왔다. 제주도 친구들이라 고사리 명당자리를 잘 알고 있었다. 그늘진 숲속을 넘나들며 숨바꼭질하듯 숨어들어갔다. 자세를 낮춰야 뾰쪽하게 올라온 고사리 잘 보였다. 탐스럽고 여린 줄기는 건반위에서 리듬 맞추듯 소리를 냈다. 고사리꺾기 고수였던 한 친구는,

"고사리 명당은 딸이나 며느리에게도 알려 주지 않는다."고 하며 너는 부산에서 왔으니 따라오라며 수신호를 보냈다.

고사리는 양치식물이다. 봄에 돋아나는 고사리의 줄기가 한번 꺾이면 계속해서 아홉 번까지 돋아난다. 한 뿌리에서 아홉 번이나 줄기가 나오는 것을 "고사리의 강한 번식력과 강인한 성질을 본받아 인내심이 강하다."는 속담도 있다. 고사리는 생명력이 강해 오뚝이 같은 삶을 사는지도 모른다. 그래서 집안마다 자손이 강하게 자라고 번성하기를 바라며 제사상에 올리는 것 아닐까 싶다.

고사리 장마가 시작되면 봄이면 넓은 들판으로 고사리 꺾으러 갔다. 붉은 갈색 밭은 갈빗대처럼 올라오는 고사리가 많았다. 어머니는 가시덤불 속으로 들어가 통통한 고사리 한가득 담고 나왔다. 우리는 밖에 뛰노는 애기 고사리를 따서 서로 치고 받고 놀았다. 어머니 한숨소리는 망태기 속에서도 들려왔다. 아들 하나에 딸 여섯 많은 식구들 입에 풀칠하려면 어머니는 강해야 했다. 가지 많은 나무에 바람 잘 날이 없다는 이야기는 우리집이야기였다. 어머니는 미리 싸온 주먹밥을 하나씩 나누어 주면서 먼저 산을 내려가라고 일렀다. 우리는 물에 빠진 생쥐처럼 떨면서 집으로 향했다.

어머니는 집에 오셔도 쉬지를 못했다. 꺾어온 고사리를 삶아서 마당가득 널어놓았다. 어머니의 한숨소리는 내가 나이가 들어서 알게

되었다. 어머니를 닮아가는 모습에 마음이 시리다. 가시덤불 속에 소리 없이 자리를 지켜온 고사리가 생각이 난다. 올해 꺾어온 고사리로 어머니가 좋아하는 고사리 전을 만들어 보내야겠다.

초파일 신자

친정 부모님은 절실한 불교집안이다. 윗대부터 부처님을 믿고 따르며 불심 또한 강했다는 이야기를 들었다. 어린 시절 우리는 당연이 부모님을 따라 절에 다녔다. 절에 가면 먹을 것도 많았고 넓은 마당에서 뛰어 놀 수 있어서 즐거웠다. 특히 바다의 삶을 사는 제주도 사람들은 용왕에 대한 믿음이 컸다. 그래서 해녀들은 절 뿐만 아니라 바다의 당이란 곳에 가서 기도를 하기도 했다.

음력 초하루면 우리 집은 스님을 모시고 와서 제를 올리는 날이다. 어멍은 미리 쌀을 물에 담가 소쿠리에 건져 물기가 빠지면 아방은 쌀을 맷돌로 갈았다. 어멍이 달처럼 둥글게 떡을 빚고 있으면 우리는 고사리 손으로 도와주기보다 서로 얼굴에 하얀 가루로 분칠을 하며 장난을 쳤다. 음식 가지고 장난치면 안 되는 것이라고 불호령이 떨어졌지만 물애기 동생들은 소용없었다. 만들어 놓은 떡을 가마솥에 올려 찌고 나면 스님께서 부처님 상에 올렸다.

스님의 목탁소리로 시작을 알렸다. 우리는 고개를 쭉 빼고 산방으로 들어갈 기세로 포개고 넘어지곤 했다. 조부모님과 부모님은 "가정을 편안하게 해주시고, 바다에서 물질할 때 아무 사고 없이 도와 달라"고 두 손 모아 합장했다.

일곱 명이나 되는 우리들도 산방으로 올라가 절을 했다. 맛있는 냄새가 코끝 까지 전해졌다. 모락모락 피어나는 냄새로 우리는 꼴

깍 침이 넘어 가는 소리가 들렸다. 염불이 끝나기가 무섭게 우리는 차려놓은 상 앞에 우르르 몰려가 하얀 떡과 과일을 바라보며 제비처럼 입을 벌렸다. 스님이 가고 나면 어멍은 음식을 차려 조부모님한테 먼저 드리고 우리식구들을 챙겼다. 저마다 먹을 생각에 갑자기 얌전해진 우리는 음식이 나올 때까지 손만 빨고 기다렸다.

초파일날이면 대식구가 절에 가는 날이라 우리도 신나게 따라 다녔다. 지금 생각하면 초파일 신자였던 그때가 배불리 먹는 것이 없던 시절의 축제였다.

결혼하고 보니 시댁에도 불심이 강한 불교집안이었다. 집안 대소사며 공장을 운영 하고 있는 집은 사고 없이 안전하게 운영 할 수 있도록 기계마다 촛불을 피우고 기도를 했다. 초하룻날이면 온 식구가 부모님 따라 절을 다녔다. 초파일이면 여러 절을 찾아다니며 등을 달았다.

동짓날은 절에 가서 팥죽을 먹는 날이었다. 절에 다니는 날이 많아지면서 나는 바쁘다는 핑계를 대기 시작했다. 시아버님은 어떻게 나의 마음을 읽으셨는지 절에 가는 날이 생기면 "직장 다니는 아가는 바쁘니까 다음에 한가할 때 따라 가지 하신다." 그러나 아무리 바빠도 부처님 오신 날 초파일에는 형제들과 함께 보낼 수 있도록 미리 시간을 비워 두라고 일침 했다. 시아버님은 든든한 지원자가 되어주었다. 그로부터 나는 초파일 신자가 되었다.

시댁에는 정이 많아 서로를 위해주고 도와주는 집안이다. 시아버지는 장남이라 모든 대소사와 집안일을 아주버님과 의논을 했다. 우리부부는 막내라 시키는 대로 따르면 되었다.

그런데 불행은 멀리 있지 않았다. 아주버님은 젊은 나이에 세상을 떠났다. 어린 자식들을 두고 떠나신 자리는 슬픔뿐이었다. 시부모님은 자식을 가슴에 묻어둔 아픔을 혼자 견뎌내고 계셨다. 절실한 불교 신자인 장남의 49제를 절에 올렸다. 친지들과 가족들은 슬픔을 이겨내며 정성을 드렸다.

슬픔은 모두를 흔들어 놓았다. 공장을 운영하던 사업은 가족들이 도울 수밖에 없었다. 남편은 다니던 직장을 그만두고 형님 회사를 나갔다. 시댁은 공장문제에 많은 일들이 생기고, IMF까지 오면서 힘든 운영을 했다.

그런 와중에 나는 성당을 나가게 되었다. 주위에 성당 다니는 지인들도 많았고 그분들은 힘들어 하는 나를 보며 성당에 데리고 갔다. 나의 바람의 무게는 성당을 다니면서 가벼워졌다.

시아버님은 내가 성당을 다닌다는 걸 눈치를 채셨는지 "어디든 열심히 믿으라고 했다." 내가 시댁일로 힘들어 하는 걸 알고 계시던 아버님은 말씀을 들으며 혼자 눈물을 흘렸다.

그로부터 나는 가톨릭신자가 되었다. 하지만 초파일날이면 시부모님 다니는 절을 찾았다. 도심 속에 자리를 잡은 절은 집에서 가까워서 잠시 남편과 함께 갔다. 식구들은 절에 먼저 와있으면 시부모님은 우리식구들 이름을 써놓은 등을 달으라고 주었다.

이 날은 유독 종교에 대한 의문이 마음의 파문을 일으켰다. 하지만 내가 성당에 나가는 것이 행복했고 마음이 편했다. 미사를 보고 나면 머리가 맑아졌다. 바쁜 일상 속에서 잠시나마 나를 돌아보며 주어진 삶에 감사하는 마음을 가질 수 있기도 했다. 기도했다. 삶의 고통이라 느꼈던 생각도 하느님을 만나면서 달라졌다. 누군가가 종교가 뭐냐고 물어보면 딱 부러지게 대답 할 수는 없지만 성당에 갈 때마다 소소하게 느끼는 행복은 참으로 신비로웠다.

내가 달라졌는지 어느 날 남편이 말했다.

"나도 성당 다닐까"

뜬금없이 뱉은 말이라 당황은 했다. 하지만, 얼른 그의 마음을 잡아야겠다 싶어서, 순발력을 발휘했다.

"당신도 성당에 같이 다니면 너무 좋을 것 같아"

하며 애교를 부렸다. 남편은 약속을 지켰고 교리 공부를 마치고 사순절 세례를 받았다. 그리고 딸 아들도 첫영성체 교리를 받고 세례를 받으면서 우리가족은 하느님의 자녀로 태어났다. 기쁠 때나 슬플 때나 사랑하는 주님께 찬미 영광을 드렸다. 어쩌면 시아버님은 남편도 성당에 나간다고 알고 있었던 것이다. 나를 이해해 주시는 마음을 알기에 우리는 초파일만은 절에 나갔다.

꽃 천지로 산사는 초파일 준비로 바쁜 4월 달이다.

초파일 이틀 앞서 남편하고 통화하는 아버님 목소리는 쩌렁쩌렁 들려왔다. 남편은 "쉬는 날 집으로 오라고 했다"며 내일 들려보자고 했다. 우리는 다음날 찾아갔다.

시어머니는 "아버지가 며칠 전부터 입을 닫고 있어 걱정이 말이 아니다며 수박은 넘어 갈 것 같다 해서 사왔는데 생각이 없다고 하네."

나는 잘 익은 수박을 긁어 아버님께 잡수셔야 한다며 드렸는데 두세 번 받아 드셨다. 그게 아버님의 마지막 날이었다.

초파일 다음날 아버님은 운명하셨다. 하늘이 무너지는 느낌이 이런 것이란 걸 알았다. 자식보다 며느리를 믿어주고 인정해주신 분이셨는데 잔인한 그날을 잊을 수가 없다.

시아버님 제사는 초파일날이다. 2년 후, 시어머니도 돌아가시고 제사를 합치면서 지금은 초파일날 제사를 모신다. 그토록 초파일 약속을 지키라고 하신 아버님 말씀이 귓가에 울린다.

"네. 아버님, 초파일날에는 아버님 절에 가서 등도 달고 할게요."

내가 잊지 않고 찾아 갈 수 있도록 만들어주신 기일, 시부모님 산소를 찾았다.

"감사합니다. 무한한 사랑을 베풀어 주셔서 아버님 열심히 살게요."

기도를 마치고 산을 내려왔다.

지금도 성당에 다니지만 나는 여전히 초파일 신자다.

소금바치 딸

제주도 북제주군 구좌면 종달리 새밭이, 제주도 동쪽 끝 마을이 내가 태어난 곳이다. 지미봉 올라가면 알록달록 많은 집들이 둘러싸였고 종달리 앞바다가 한눈에 들어온다. 가까이 일출봉이 우뚝 서 있고 그 옆으로 소가 드러누운 것처럼 보이는 우도가 있다. 한 폭의 그림이다.

종달리 마을은 제주도에서 해녀들이 제일 많은 곳이다. 예전만 해도 많은 해녀들은 타지로 물질하러 나갔다. 할망, 어멍 해녀들은 바다를 '바다밭'이라고 불렀다. 바다를 저마다 아름답게 가꾸어가며 그 꽃밭에 자기 숨만큼 머물다가 바다를 건져 나온다. 바다 밭에서 숨을 참아가며 얻어온 보물들은 바다가 내어준 선물이며, 생활을 위한 터전이기도 했다. 어머니의 바다는 나의 위로이기도 하다.

제주도 바다에는
어머니의 소리가 들린다.

한참 보고 있으면
잔잔해 있던 바다도
휘-이 휘-이
춤을 춘다

수면 위에 떠오르는
발갈퀴 조차도
숨이 차서 들숨 날숨이다

불룩한 망태기에
어머니 모습이 보이고
바다는 날마다 바쁘다

– 「어머니의 바다」 전문

    종달리에서는 아이들이 초등학교나 중학교를 졸업하면 육지로 원정 물질을 보냈다. 동네에 상군 해녀아줌마는 15살 정도 되는 아이들을 모집해 육지로 데리고 가서 물질을 하며 돈을 벌었다. 어린 딸이 돈을 벌어오면 밭을 사놓고 새로 집을 수리하고 살림에 보탬이 되는 딸 자랑에 사람들에게는 부러움의 대상이었다. 그래서 딸 많은 집은 딸들이 15살 되기를 기다렸다.

    우리엄마의 소원도 다르지 않았다. 여섯 중에 한 명만이라도 해녀가 되길 소원했는데 나를 점찍어 놓았다. 엄마의 그런 기대와 다르게 나는 늘 제주도를 떠나고 싶었다.

    멀리 수평선을 바라보며 다른 세상이 그리워했다. 흑백 TV뉴스에서 한국간호사들이 외국으로 떠나는 모습을 뉴스에서 보게 되었는데 나도 학교를 졸업하면 간호사가 되어 외국으로 가고 싶었다. 그때부터 간호사를 꿈꾸기 시작하여 해녀는 죽어도 하지 않으리라는 다짐했다. 호시탐탐 고향을 떠날 궁리를 하다가 결국 부산에 다 둥지를 틀었다.

    요즘에는 자주 고향을 내려간다. 그렇게 벗어나고 싶었던 고향 바다는 언제나 나를 반겨주고 놀이터로 삼았던 나를 종일 출렁거리며 기다렸다. 트랩에서 내리자마자 자연스럽게 싱긋이 웃어지는 고향 바다다.

그때도 바다는 늘 나를 기다렸다. 수업이 파하면 가방을 던져놓고 바다로 뛰어갔다. 어멍 해녀들이 파도를 차고 나오기를 손꼽아 기다렸다. 어멍이 나오기가 무섭게 쏜살같이 달려가 불룩하게 배부른 퇴왁 망태기를 헤집고 들어갔다. 소라, 전복, 해삼을 몰래 훔쳐 먹었다. 어멍 해녀들은 아이들이 먹어치우는 것을 알면서도 모르는 척 눈 감아 주고 갈매기도 일부러 허공을 멀리 돌았다.

바다는 나의 친구이자 어머니의 바다였다. 그곳에서 헤엄치는 것을 배우고 자란 우리들은 자연스럽게 물질을 배웠다.

백중날이 되면 조개밭은 바닷물이 차올라 물에 잠겼다. 친구들과 헤엄을 치고 숨을 참아가며 바닷속에 들어가 모래를 잡고서는 물갈 퀴를 헤치며 올라오는 시늉을 했다. 백중날은 어린 우리들이 새로움을 경험하는 날이었다. 물질하는 흉내를 하는 중에 서로의 물을 먹이고 놀았던 웃음을 가시지 못해, 뭍에 나와서도 장난은 계속되었다.

그러다가 갑자기 조개 밭이 물이 빠지면 은빛가득 멸치 떼들이 반짝반짝 빛을 내며 파닥파닥 거렸다. '멸치 떼 들어왔다' 소리치면 온 동네는 시끌벅적 난리다. 집집마다 사람들은 소쿠리를 들고 구덕을 옆구리에 차고 모기장까지 짊어지고 가지각색 도구들을 가지고 바다로 향해 뛰었다. '이쪽이다' 소리치면 이쪽으로 풍덩거리고 '저쪽이다' 소리치면 저쪽으로 파닥거리는 멸치 떼를 쓸어 올렸다. 덩달아 물장구치는 아이들 첨벙거리다 미끄러져서 우는 아이들과 뒤범벅이 되는 백사장은 그야말로 난리법석이다.

새밭이 동네는 논밭 한가운데 자리 잡고 있어서 초등학교와는 거리가 멀었다. 학교에 등교하려면 논두렁으로 걸어가야 큰 동네가 나온다. 동생들과 논밭에 울고 있는 개구리를 잡아 껍데기를 벗기고 개구리 다리만 모아 집에 들고 오면 아방은 숯불에 노릇노릇 구워 동생들과 나눠줬다. 맛있는 간식이었다. 먹었던 그 맛을 잊을 수가 없다. 그 이후, 그 간식은 생각만 해도 아찔하다.

요즘도 고향을 가면 동네 분들은 "소금바치 딸 와시냐"며 반겨준다. 어릴 적에 정말 듣기 싫었던 말이었다. "너는 누구 딸이냐"고 물으면 모른 척 했다. 아버지 이름만 비치면 소금바치 딸들이라고 반겼다. 하지만 우리는 아버지한테 "왜 우리가 소금바치 딸이냐"며 짜증을 내기도 했다.

어느 날 아버지는 할아버지에 대해 이야기해 주셨다.

원래 새밭이는 바다를 메워 소금을 만드는 곳이었고 소금밭 한가운데 새 집터를 만들어 소금바치들이 모여 살게 되었단다. 모래를 모아서 바닷물을 뿌려 가마에 물 놓고 끓이면 귀한 소금이 되었다. 그런 소금을 할아버지는 소달구지에 싣고 몇 십리 길을 걸어서 그것을 팔아서 삶을 이었다. 아버지는 장남이라서 고등교육을 받았고 일본으로 유학길에 오르기도 했으나 아버지 역시 소금바치의 아들이라는 말이 싫었다고 했다.

그러고 보면 대를 이어 싫어했던 그 단어가 이제는 자랑스러워지기까지 하는 것은 내가 삶을 이만큼 저어온 지금부터다. 나의 세포 속에 DNA가 되어 있는 소금바치 그의 딸이다.

인생은 악보

오랜만에 서울에 사는 시누이의 전화를 받았다. 서로 무소식이 희소식이라는 생각으로 시간을 보냈던 지난날이다. 늘 자기 막내 남동생 걱정을 하면서도 도움을 줄 수 없었던 마음을 전했다. 집안을 위해 모든 짐을 떠맡은 남동생에게 마음이 쓰였지만 자기도 홀로된 시아버님을 모시고 살아서 친정 일에 나설 수 없는 형편이라고 했던 시누이가 오랜만에 목소리로 안부를 전해 온 것이다.

"봄꽃을 보니 올케 생각이 나네 애들이랑 잘 지내고 있지?"

SNS를 통해 열심히 살고 있는 모습을 보고 있다며 시간은 되돌릴 수는 없지만 부족한 우리 남동생 잘 챙겨줘서 고맙단다. 그리고 시간이 되면 상처로 엉켜버린 일들을 풀어보자고 했다.

부모 형제 사랑을 독차지하며 자란 막내 남동생을 가족들은 끔찍이 아꼈다. 그 사랑을 알기에 남편은 무거운 짐을 떠맡고 있어도 힘들다는 내색조차 하지 않고 못했다. 누구의 잘못이라고 하기에는 형님의 빈자리가 너무 컸다. 주어진 삶을 운명이라고 받아들이는 남동생을 보며 시누이는 항상 빚을 지고 산다고 했다.

남편과 사귀던 시절 누나를 처음 만났을 당시 부담 없이 놀러 오라는 말에 아무 생각 없이 누나 집을 방문 했다. 많은 형제와 지내다 보니 누나가족들과 밥을 자주 먹고 설거지까지 솔선수범했다. 누나는 동생처럼 편안하게 언니라고 하라며 자주 놀러오라 했다.

그 당시 미용학원에서 학생들을 가르쳤다. 미용이란 직업이 너무 싫다는 이야기를 들은 누나는 직업이 귀천이 없다며 응원해 주었다. 미용이란 직업은 내가 선택한 것은 아니었다. 잠시 학생들을 가르치다보니 어느새 미용인의 길로 걸어가고 있었던 것이다.

어릴 적 한국을 떠나고 싶다는 꿈은 가슴속 깊이 자리하고 있었다. 해외로 나갈 수 있는 방법을 찾아 헤맸다. 누가 그랬다. 미용면허증취득하면 해외로 나갈 수 있다고. 미용학원을 찾아 상담을 했다. 면허증을 취득하면 해외로 나갈 수 있다는 것을 안 나는 마음이 급했다.

3개월 속성과정을 신청하고 학원을 다녔다. 1차는 미용이론 시험이었다. 나는 책 한권을 빌려서 밤을 꼬박 새우며 공부했다. 결과는 1차 합격이었다. 2차 시험은 실기였다. 학원에서 배운 기술을 이모의 친구들과 동네 사람들한테 연습을 했다. 누워있으면 천장 위도 시험 내용이 그려졌다. 그리고 연습을 하는 내내 재미있고 즐거웠다. 그 열정은 나를 일으켜 세웠다.

실장은 2차 실기시험을 경험 삼아 준비를 하라고 했다. 사람을 모델로 시험을 봐야 했기에 사촌언니를 데리고 갔다. 언니가 떨지 말고 배운 대로 하면 된다는 말에 나는 자신감이 생겼다. 우리 학원에서는 3명, 합격했다. 원장은 잠시라도 실기시험 치는 학생들 봐 줄 것을 부탁 했다. 홀가분한 마음으로 학원생들 가르치다보니 책임감이 생겼다. 내가 원하지 않는 미용학원 선생이 된 것이다.

80년대는 미용기술 서적들이 이론화된 것이 없었다. 일본어로 번역한 책들로 되어있어 이론화된 실기를 가르치는 것이 한계를 느꼈다. 나는 체계적인 미용을 알고싶었다. 부족한 공부를 위해 저녁에는 ECC 일어 학원을 다니며 공부했다. 전공과 다른 미용 일을 하다

보니 미용에 관한 갈증이 심해졌으나 그때 부산에서 피부미용과가 생기면서 다시 공부를 시작했다. 피부미용과를 졸업을 하고 InJe대학원 보건학 석사를 마쳤다. 미용인으로서 당당히 나섰다.

남편친구들과 졸업을 앞두고 지리산에서 1박2일 등산하기로 했다. 칼바위를 지나 천왕봉정상까지. 우렁찬 계곡 소리가 들리는 곳에 자리를 잡고 그곳에서 하룻밤을 보내기로 했다. 남자들은 텐트를 치고 여자들은 준비해온 음식들을 펼쳤다. 모두 의기투합을 하며 멋진 캠핑장을 만들었다. 계곡은 우리들의 수영장이었다. 쏟아져 내리는 계곡 물 소리에 마음껏 떠들었다.

산 그림자는 캠핑장에 어둠을 알렸다. 까만 하늘에 별들이 머리 위로 쏟아져 내리고 차가운 밤공기를 피해 구덩이를 파고 돌을 쌓아 나뭇가지로 불을 지폈다. 둥글게 모여앉아 기타를 치고 노래를 부르며 게임을 즐겼다. 마지막 대학시절을 보내며 낭만에 취해 등산 첫 밤을 꼬박 새웠다.

다음날 천왕봉 정상 등반하기로 한 약속을 모두 잊고 있었다. 밤샘 한 탓이었다. 햇살은 벌써 내려왔고 바람까지 덩달아 늦은 잠을 깨웠다. 어제의 산물들로 캠핑장은 뒤엉켜있었다. 해는 중천에 떴지만 일어날 기색이 보이지 않아 천왕봉 정상 등반은 자연스럽게 소멸됐다.

모두 하산 준비를 하다가 호기심 많은 친구가 칡넝쿨을 구해왔다. 그것을 바위에 고정을 시키고 벽을 타고 한사람씩 내려오라고 했다. 남편은 배낭을 메고 내려오다 그만 줄이 끊어지는 사고를 당했다. 허리를 크게 다쳐 움직이지 못했다. 친구들은 들것을 만들어 산길을 내려왔다. 급한 대로 진주 병원으로 갔다. 남편 가족들은 막내아들 사고에 혼비백산이 되어 부산 세일병원으로 옮길 수 있도록 조치를 해두었다.

그곳에서 처음으로 시댁 식구들을 만났다. 누나는 이미 알고 있었지만, 막내 남동생이 여자 친구와 등산을 갔다는 이야기를 들은 것 같았다. 시아버지는 병원에서 나를 기다리고 있었다. 나를 기다렸다는 듯 병원에서 만나자마자 직업이며…, 호구조사를 했다. 나는 미용이란 직업을 말하기가 싫어 직장에 다닌다고 거짓말을 했다. 그러나 시아버지는 알고 있으면서 모른 척 했다는 것을 늦게 서야 알았다. 남편도움으로 졸업과 동시에 가게를 오픈하고 우리는 일사천리로 약혼식을 올렸다.

가족들은 남동생을 끔찍이 챙겼다. 시어머님이 되실 어른은 미용을 하는 내가 탐탁지 않았다. 그러나 누나는 그 마음을 풀어 주기도 했다. 서로에게 많은 시간들이 필요했다.

오랜만에 시누이는 카톡으로 장문의 글을 보내왔다. 올케가 열심히 사는 모습이 부럽다며 나도 젊은 시절 무엇이든 배워둘걸 70세가 넘고 보니 여태 무엇을 했는지 허무한 느낌이 든다고 했다. 그의 시댁과 그의 친정 일에 조바심과 불안함 속에 마음 졸이며 살아온 지난 세월이 어둠속에서 살아낸 것 같다는 내용이었다.

"인생의 악보라면 하루는 음계 같다. 높은 음이 있으면, 낮은 음도 있어야 음악이 된다."는 이야기를 들은 적이 있다

우리의 삶도 늘 행복하지 않을 수도 있다. 슬프면 슬프다고 화나면 화가 난다고 낮은 음이 있어야 높은 음이 빛나는 것처럼, 그게 인생인 것 같다.

장날

주말이면 남편과 시골에 간다. 직장을 다니다보니 전원주택은 그림의 떡이다. 처음 시골로 올 때는 자주 오리라고 마음을 먹었지만 시간이 지날수록 그게 마음대로 되질 못했다. 출퇴근도 힘들었다. 더 힘든 것은 태양의 움직임과 자연스럽게 사는 것이었다.

이곳 사람들은 어둠이 가시기 전에 밭에 나갔다가 해가 뜨기 시작하면 집으로 온다. 앞집 어르신도 새벽일처럼 대문을 스스럼없이 열고 든다. "차가 보이더니 어제 왔냐며 이렇게 빨리 부산을 가냐"며 섭섭한 기색을 보였다.

오늘은 밀양 장날이다. 우리는 장날이라 시장 한 바퀴 돌아보고 오겠다고 했다. "새벽에 일 나가기 때문에 장날이어도 갈 수가 없다."며 심부름 해 달란다. 어르신은 안주머니에서 꾸겨진 종이를 꺼냈다. 깨알같이 뭔가 적혀있었다. 받침이 없는 글씨는 크로키를 그린 것처럼 휘어져 있었다. 그러나 뭘 부탁 했는지는 알아 볼 수 있었다.

5일장은 벌써 뜨거웠다. 꽃샘추위가 계속되는 날씨라 사람들이 없을 꺼라 예상을 했는데 주차할 공간도 없었다. 북적거리는 장날 풍경이다. 이곳저곳 좋은 자리를 잡아 싱싱한 바다를 뽐내는 생선은 내륙지방 사람들에겐 인기 만점이다. 또 계절을 돌이키는 가지각색의 봄나물은 현재 진행형의 봄을 피우고 있다. 2월의 끝자락에서 봄 향기가 유혹하고 덩달아 구경나온 이른 봄꽃도 활짝 웃음을 전했다.

장사꾼들은 삼삼오오모여 드럼통에다 불을 피우며 추위를 달랬다. 기역자로 굽혀있는 허리로 이리저리 자리를 잡지 못한 할머니는 귀퉁이에서도 비좁게 쪼그려 앉으며 한숨을 몰아쉬었다. 자식들이 없는 걸까? 이 추운 날씨에 나오셨는지 마음이 아팠다. 모락모락 피어오르는 불꽃은 더 힘들어 보였다. 남편은 "시장 볼 것 사지 않고 무슨 생각을 하고 있냐"며 핀잔주었다. 난장에 옹크리고 앉아 하나라도 더 팔아 보려는 사람들은 "우리 집에서 기른 거여, 무공해야" 하시며 마수라도 해 달라며 손짓한다. 할머니의 애타는 손을 보며 그냥 지나칠 수가 없었다. 마음이 짠하고 코끝이 찡했다. 마음을 녹이며 시린 봄나물을 샀다. 시장 안은 더 시끌벅적 했다. 밀물처럼 밀려왔다 썰물처럼 빠져나가는 인파와 함께 하고 있었다.

내 고향 제주도, 세화오일장도 그랬다. 오늘의 그림이 그대로 전해졌다. 장날이 되면 어머니와 배추, 무, 미역을 팔았다. 해녀였던 어머니는 미역을 따다 마당에다 짚을 깔고 길쭉하게 펴가며 곱게 빗질이라도 하듯 하나둘 예쁘게 단장시키고 나머지는 장에다 내다 팔았다. 먼저 자리를 잡으러 꼭두새벽부터 챙겼지만 우리보다 먼저 자리를 잡아놓은 상인들이 많았다. 떠돌이상인들은 자기 자리인 냥 차지하고 있었다. 실랑이를 하다가 길거리 모퉁이에 자리를 잡았다. 배추며 무, 미역을 양손가득 들고 소리를 쳤다. 그 때는 어머니의 그런 모습이 부끄러웠다. 그래서 딴청을 피웠다. 어머니 앞치마는 순식간에 불룩해졌다. 목청이 아프도록 커져 가던 어머니의 오일장은 나에게는 슬픔이기도 했다. 남은 물건을 이쪽으로 옮기라는 말씀은 들리지 않고 찐빵 냄새가 침을 고이게 했다. 모락모락 김을 올리던 가마솥 뚜껑이 건너편에서 열린 것이다. 어머니에게 맛있는 거 얻어먹을 심사로 따라 왔는데 어머니는 내 눈치를 알아차리지 못했다. 결국 나의 결심을 강행했다. 엄마 몰래 미역 한 움큼 들고나가 찐빵과 바꿔 먹었다. 엄마에게 들킬까 혼자 구석진 곳에 숨어서 뜨거운 찐빵을 호호 불며 먹었던 기억, 지금 생각해보면 철이 없었던 것 같다.

5일장은 어머니에게는 생의 터전이었고 살아서 돌아와야 하는 생존의 전쟁터였던 것이다. 물물교환 하듯이 만들어온 돈은 사치가 아니고 또 다른 먹을거리를 장만하게 하는 돈줄이었으니까.

삶의 현장이나 다름없는 장날의 하루를 옛 추억을 상기하면서 볼 수 있는 여유를 감사하게 생각한다. 포근한 인심과 정겨운 장날 풍경은 사라졌어도 그것을 변화라고 받아들여야 한다. 나도 변화했는데 장날만은 그대로 있어 주기를 바라면 되겠는가.

인터넷이 발달하고 대형마트가 생기면서 사람들은 편리한 곳을 찾는다. 전통시장도 색다른 모습으로 변했다. 마트에는 물건이 한눈에 볼 수 있도록 진열이 되어 있다. 물건을 쉽게 고를 수 있는 편리함을 갖추고 있다. 하지만 오일장은 사람냄새가 풍기는 곳이다. 삶의 지혜를 배워가며 덤을 주는 후한 인심과 정을 느낄 수 있다. 직접 재배하지는 않았지만 싱싱한 야채, 과일, 생선은 보기만 해도 배부른 느낌이다.

유학 보고서

　하루라도 소홀하면 금세 어느 한구석이 갈라져 있는 것이 도자기이다. 차일피일 미루어 놓았던 미완성 작품들을 마무리 해야겠다며 꽁꽁 싸두었던 비닐을 하나하나 풀어보았다. 작품들은 하나 둘 꾸들꾸들 말라있어 제대로 손질을 해야만 작품들이 될 것 같다. 흙이라는 성질은 마르기전에 형태를 잡아야 원하는 대로 작품을 만들 수 있는데 잠시 신경을 쓰지 못했더니 문제가 생겨버렸다. 이렇듯 '늘 자식을 키우는 마음으로 흙을 대하라'는 말이 내 귀를 쟁쟁거리며 마음을 바쁘게 한다. 정성을 드린 게 아까워서 이리저리 틀을 잡고 만졌다. 그랬더니 '쩍' 금이 가버리고 말았다. '이걸 어쩌나!' 가슴 한구석이 휑하니 뚫리는 기분이다.

　시계를 보니 출근 시간이 훌쩍 지났다. 바쁜 마음에 허둥대다 기둥에 부딪치면서 정성껏 만들어 놓은 도자기 접시들이 '와장창' 깨지고 말았다. 도자기가 떨어지는 순간 내 마음도 깨져서 피나는 상처를 당하는 것 같았다. 아찔한 한순간의 실수로 이제껏 정성들였던 것들이 한 번에 깨져버리다니….

　바닥에 조각조각 흩어진 도자기 파편을 바라보면서, 9년 전 일어났던 황당한 사건 하나가 생각났다.

　중학교를 졸업한 딸을 뉴질랜드로 유학을 보냈다. 그곳에서 자리를 잡고 고등학교를 다니고 있을 때 아들도 누나가 있는 곳으로 가서 공부하겠다고 했고, 나 역시 논문을 쓰면서 영어에 대한 갈증이 많은 터라 논문을 통과하자마자 뉴질랜드를 가기로 결정 했다. 딸은 동생 학교며 영어 학원까지 척척 알아서 해결해 놓았고, 비행기 티켓 팅도 마무리 해둔 상태였다. 딸은 그곳에서 부지런을 떨어 골프를 조금 배웠다고 해서, 아들도 골프를 배우면 가족끼리 휴일에 골프를 즐길 수 있다는 생각에 골프를 배우기 시작했다. 아들은 키는 커지만 특별히 좋아하는 운동이 없었다. 축구도 해보고 태권도, 검도도 해 보았지만 운동엔 소질이 없는 것 같아서 기대하지도 않았다. 그런데 골프는 아무 말 없이 잘 다녔다. 산만한 성격이라서 걱정도 했는데 또박또박 차분하게 시킨 데로 잘 배우고 있었다. 키만큼이나 힘이 세서 드라이브도 잘 치며 공도 멀리 보내기도 한다고 해서 나의 조바심은 아들이 연습을 하는 것이 무척 보고 싶었다.

아들의 공은 보이지 않을 정도로 멀리 날아가고 있었다.

"폼도 좋고 프로."라며 띄웠다. 아들도 만족하며 손을 들고 브이자를 보냈다. "엄마 닮아 힘은 장사네….″하며 골프 프로가 한마디를 거들었다. 그리고 차분하게 연습하면 잘 치겠다며 칭찬을 아끼지 않았다. 칭찬에 으쓱거리며 장난스럽게 공을 치는 모습을 보며,

"힘으로만 치지 말고 살랑 살랑 쳐봐라"

"이렇게 하면서?"

앗, 이게 어찌된 일인가. 내가 서 있는 쪽은 스윙의 반대 방향이었는데 순간적으로 스윙한 반대 방향으로 날아온 공은 나의 얼굴을 살짝 스치며 치아를 맞고 말았다. 정말 눈 깜작 할 사이에 황당한 사고가 일어난 것이다. 눈앞에서 하얀 치아가 바닥에 굴러 떨어지는 것이 아닌가? 순간적으로 바닥에 떨어진 치아를 하나하나 주워서 입을 수건으로 막고 병원으로 달려갔다. 치과는 기다리는 사람

이 많았지만 병원에서는 긴급한 상황이라 판단을 했던지 다른 사람들을 제쳐놓고 응급치료를 했다.

의사선생님은 "턱 안 다친 것만이라도 다행이다"라고 하면서, "생치아를 뽑아 새로 해 넣어야 되겠다."며 신경치료하고 인플랜트까지 끝나려면 석 달은 기다려야 된다고 했다. 요즘 같으면 당일로 간편하게 수술도 할 수 있었을 텐데….

일주일 후까지 아들과 뉴질랜드로 도착해야하는데, 갑자기 학교며 학원 일정을 연기하기란 쉽지가 않았다. 어떻게 해야 할지 난감한 상태였다. 의사 선생님께 다른 방법은 없냐고 여쭤어 보았다.

"비상으로 치아 3개 중 2개는 때우면 되는데, 대문니는 중간에 금이 생겼고 잇몸에 상처가 많아서 며칠 시간을 두고 기다려 보자."라고 했다. 그리고 부어오른 것이 가라앉을 때까지 기다려 보자며 자리를 떴다. 대충 치료를 하고 진료실을 나왔는데 아들은 걱정이 됐던지 오들오들 떨고 있었다. 아들을 안아주며 "괜찮아…, 못 생긴 얼굴 다쳤으면 어쩔 뻔 했니"라고 너스레를 떨었지만 얼굴은 찡그리지 않을 수 없을 정도로 아팠다. 마음 따로 몸 따로 말을 하는 강한 어머니였다.

이 당시에는 아들의 마음을 위로해야 되겠다는 마음과 아들을 안심시켜야 하겠다는 생각밖에 없었다. 그러나 아리고 쓰린 것은 마음보다 잇몸이었다.

옛 어른들은 치아가 좋으면 오복 중에 하나라고 하지 않았던가? 남편과 아이들은 밥 먹듯 들락거리는 치과 치료를 나는 단 한 번도 다닌 적이 없었는데…, 건강 검진을 받아도 양호하다는 결과가 나오고, 충치는커녕 사랑니도 나지 않아 남편은 늘 당신은 아직 어른이 안됐다고 놀리기도 했다.

"이렇게 구석구석 양치질을 잘해야 된다."며 잔소리를 해댔었는데…, 오복중 하나가 사라져 버린 것이다. 마음은 아팠지만 크게 다치지 않은 것만으로도 다행이라고 생각하며 출국 준비를 했다. 일단 아들을 그곳 학교에 입학시키고 다시 한국으로 돌아와 치아를 새로 하기로 하고 병원을 찾았다. 의사선생님은 "2개는 때우고 앞니는 살짝 부쳐 놓을 테니 식사할 때 조심하고 앞니는 절대 사용하면 안 된다."며 단호하게 말했다. 이제 먹는 즐거움도 사라지는 건가

아들은 13시간이나 비행기를 타고 간다며 들떴고, 기내식을 맛있게 먹는 모습에 웃음이 절로 나왔다. 짜아식 엄마는 먹는 것도 힘들어 죽겠는데…, 아는지 모르는지 아들은 잘도 먹는구나 싶었다. '그래, 아들 먹는 걸 보니 안 먹어도 배가 부르다.' 며 혼잣말로 중얼 거렸다. 오랜만에 만날 딸을 생각하니 빨리 보고 싶어졌다. 치아 때문에 먹지도 못하고 긴 비행으로 인해 몰골은 말이 아니었다.

공항에서 내 얼굴을 보자마자 걱정이 됐는지,

"엄마 괜찮아요!" 하며 가슴에 파고들며 소리 없이 눈물을 흘렸다. 만나서 기쁘고, 엄마 몰골을 보아 슬픈 딸의 눈물은 그래도 행복한 눈물이었다. 행복의 눈물을 훔치며 우리는 오클랜드로 향했다. 배고픈 탓인지 하늘에 두둥실 떠있는 하얀 뭉게구름은 솜사탕처럼 달콤해 보였고, 입안에 넣으면 살살 녹을 것만 같았다.

한참을 달려 바다냄새가 물씬 풍기는 마을로 도착을 했다. 아들은 개구쟁이처럼 재촉하며, "어느 집이야" 하며 손으로 이집 저집을 가리켰고 그 궁금증은 금방 해결되었다. 학교도 가깝고 학원, 도서관도 걸어 다닐 수 있는 바다가 훤히 보이는 작은 도시 타카푸나에 집을 얻어 놓았다. 내일부터 빡빡하게 정해진 스케줄에 혼자 인터뷰를 해야 한다고 생각하니 영어 울렁증 때문에 고민이 되었다.

딸에게 도움을 청하며 울렁증의 원인을 이야기 했다.

"엄마, 그냥 부딪치면 다 할 수 있어. 여기 한국사람 얼마나 많은데…."라고 하며 대수롭지 않게 이야기를 했다. 열심히 영어공부도 해야 하고 아이들 도시락을 싸야 되고 아들을 픽업해 학원을 보내며 뒷바라지를 하다 보니 어느새 적응이 되어가고 있었다. 조금만 더 노력하면 영어 울렁증은 사라질 것 같았다. 그러나 앞니 때문에 먹는 것이 여간 힘든 일이 아니었다. 점심도 우유로 때우고 외식은 엄두도 못 냈다.

아침부터 학원은 시끌벅적 했다. 성탄절 파티를 한다며 시원한 바다가 보이는 카페를 예약을 해 두었다며 모두들 그곳에서 만나자고 했다. 우리는 들뜬 마음에 모두가 한자리에 모였다. 과일이며 야채 뉴질랜드산 양고기와 소고기는 먹음직스럽게 식탁 위에 차려져 있었다. "원장님은 맛있게 많이들 잡수세요." 주위에서 인사를 했다. 모두들 허겁지겁 잘도 먹었다. 나도 조심스럽게 잘게 썰어가며 맛있게 먹었다. 후식으로 과일을 나눠주었다. 아무 생각 없이 사과를 한입 베다가 '뿌지직' 하는 소리가 내 입에서 나왔다. 갑자기 하늘이 하해 지며 앞이 깜깜해졌다. 사과 맛이 가슴 떨어지는 맛이었다. 그때 같으면 당장 내일이라도 한국으로 돌아와서 치아 치료를 해야겠다고 생각하며 그날에는 모든 행위를 중단했다. 그러나 화장실 가고 싶을 때의 마음과 화장실 갔다 온 후의 마음은 또 달랐다.

지금도 아들은 황당한 사고 때문에 마음이 쓰이는지 "첫 월급타면 엄마 치아부터 해 드리겠다고 했다. 지금은 추억으로 남아 있지만 거울을 볼 때면 가끔 그때 일을 떠올리며 쓴 웃음을 짓곤 한다. 경험을 많이 해 보라고 하지만 내가 겪은 치아 상처 경험은 하지 않는 것이 좋다. 이것도 경험에서 나오는 말이 되겠지만 먹고 싶어도 못 먹는 것과 음식을 코앞에 두고 먹지 못하는 것은 행복의 순위에서 어느 것이 앞인지, 어느 것이 뒤 인지, 불행의 순위에서 어는 것이 먼저인지, 어느 것이 나중인지 모르겠다.

그러나 이는 오복 중에 하나임에 틀림없다. 식욕은 본능 중에 가장 먼저라고 하는데 씹지 않고 먹는 것은 본능을 충족시키는데 멀기 때문이다. 하지만 아들에게 말하고 싶다.

아들아, 네 탓이 아니다. 골프는 신중을 기해, 한 타 한 타를 쳐야 하는데 옆에서 거들어서 혼란스럽게 만든 엄마 탓이다.

특별한 입석

현애자

2부

꿈을 빚는 손

고전을 흠모하다

약 200년 된 반닫이가 찻방을 폼 잰다. 하나 둘 사 모은 골동품이 저마다의 모습으로 진열되어 있다. 틈만 나면 그들을 닦아주는 데 시간을 보낸다. 손때 묻은 그 것들은 저마다의 사연을 가지고 있지만 어머니가 쓰시던 반닫이는 특히 애착이가는 물건 중 하나이다.

제주도의 방은 장롱이 있는 것이 아니라 벽장이 있다. 벽장은 둘로 나뉘어 있으며, 한 공간은 두 칸으로 되어 있고 반닫이는 높은 칸에 올려져 있다. 그리고 그 옆 공간은 이불이며, 베게 등 잠자리에 필요한 것들이 있다. 이것들은 눈에 보이지 않게 포장을 쳐 놓았다. 하얀 천의 포장은 꽃과 나비그림을 수놓아, 만지면 손 베일 정도로 빳빳하게 다림질되었다. 그렇게 잘 보관해 두고 정리해 놓았으면서도 어머니는 우리들이 만지기나 할까봐 안방에는 들어가지 못하게 했다.

안방 반닫이 위에는 감자, 고구마, 떡 등 먹을 것이 많았다. 그곳은 손을 댈 수 없는 곳이기에 할아버지와 아버지께 드릴 음식을 보관 해 두기에 안성맞춤이었다. 그리고 그 안에는 한복이며 귀한 물건들이 예쁜 보자기에 싸서 켜켜이 놓여 있었다. 어머니는 용돈을 줄 때면 그 안에서 돈을 꺼내어 주기도 하고 할아버지와 아버지가 안방에 들어오시면 요깃거리라며 맛있는 것을 내 놓았다. 우리들은 우리들끼리 통하는 말로 요술 궤짝이라고 불렀다.

어느 날이었다. 우리들은 집에 아무도 없다는 걸 확인하고 안방으로 들어갔다. 그곳에는 무엇이 있는지 궁금하기도 하고 맛있는 것이 있으면 나눠 먹기로 했다. 동생은 밖에서 망을 보고 언니는 엎드리고 나는 언니 등에 올라가 떡을 하나 꺼내서 나눠 먹었다. 다음날은 두 개를 꺼내 나눠 먹었다. 매일 하나씩 꺼내 먹어도 들키지 않다보니 어머니가 부엌에 있어도 용감하게 들락거렸다.

우리들은 더 뭉치게 되면서 어머니에게 비밀로 하자고 약속을 했다. 어린동생들은 어머니만 보면 안방을 가리키며 때를 쓰고 울었다. 그럴 때면 우리들은 지난 비밀이 들킬까봐 콩닥콩닥 가슴이 뛰었다.

우리 집은 대가족이었다. 할아버지, 큰할머니, 작은 할머니 그리고 부모님을 비롯하여 많은 식구가 한집에서 살았다. 할아버지와 아버지는 안방에서 식사를 하셨고, 우리 7남매는 마루청에서 밥을 먹고, 할머니 어머니는 부엌에서 식사를 했다. 어머니는 푸짐한 밥상을 아침저녁 안방으로 들고 왔다. 우리에게는 큰 양푼에 밥을 가득 담아 가운데 놓아 주며 각자 덜어 먹게 했다. 우리는 숟가락으로 장난을 치면서 마음은 할아버지 밥상에 눈이 가곤했는데 너덜거리는 창호지 구멍으로 살며시 들여다보면 아버지는 궤짝위에서 무엇인가 꺼내 할아버지를 드렸다.

그것이 조청이라는 것을 나중에 알게 됐다. 할아버지는 큰 기침을 하며 조청 엿을 한 숟가락을 떠 드셨다. 우리는 숨을 고르며 침이 꼴딱거리는 소리에 서로 놀랐다. 그때 아버지가 밥상을 물리면 우리들은 우르르 모여들어 숟가락을 빨고 남은 음식을 다투면서 먹어 치웠다.

내 고향 제주도에서의 추억은 결혼 후, 남편과 제주도를 찾으면서 다시 떠올랐다.

사람들의 체취가 사라진지 오래된 집은 황량했다. 마루에 들어서자 벽에는 돌아가신 할아버지, 할머니, 가족사진 등이 걸려있었다. 안방 미닫이문을 덜컹거리며 여는 사이 휑한 바람이 먼저 방안을 차고 들어갔다. 어머니의 손맵씨를 뽐냈던 하얀 천은 보이지 않았고, 누런 천을 걷으니 궤짝은 그곳에 그대로 있었다. 그 때는 내 키 보다 훨씬 컸는데 허리춤에 서 있었다.

나는 옛 기억을 더듬으며 궤짝 문을 열어 보았다. 그 안에는 한복과 자질구레한 물건들이 있다. 그리고 문 안쪽에는 기일이며, 생년월일이 빼곡히 적혀있다.

나는 그 자리에서 어머니에게 전화를 했다.

"안방에 있는 궤짝 내가 가지고 갈까?"

"나무가 썩지 않았니? 어떻게 부산까지 가지고 오려고"

"택배로 보내면 되지"

몇 해 전 집에 놀러 오신 어머니는 십 오 년 전에 나에게 흔쾌히 줘버린 것이 후회되는지 농담반 진담반으로 말했다.

"너는 어릴 적부터 옛 물건에 관심이 많더니 만,
귀중한 물건이니 잘 보관하라"

궤짝에 대한 사연은 이랬다.

큰 할머니는 아들 세 명이 있었는데 모두 두세 살 쯤 두 명이 죽었다. 할머니는 자식들이 죽자 이집 저집 점쟁이를 찾아다녔다. 점쟁이 말은 할아버지는 서른 살을 넘기지 못 할 것 같고, 하나 남은 아들도 여덟 살을 못 넘긴다고 했다. 그 여덟 살의 아이가 우리 아버지였다.

할아버지를 새장가를 보내야 집에 우환이 없어진다고 했다. 그 말을 들은 할머니는 남편과 아들을 살려야 된다는 생각으로 동네 처녀를 중매해 아들을 장가보내듯 사모관대를 씌우고 새장가를 보냈다.

이렇듯 그 시대를 살아오신 작은 할머니가 열여섯 살에 시집을 오면서 가져온 것을 내가 친정에서 가져 온 궤짝이다. 할머니가 돌아가시자 며느리인 어머니 몫이 되었고, 옛날 것에 관심이 많았던 내가 어머니의 승낙으로 내 몫이 되었으니 어머니에게는 후회일수도 있다.

대대로 내려오던 친정의 궤짝을 가져왔으니 불현듯 미안하고 죄송스럽기도 하다. 그렇지만 날로 더 깊어지는 '궤짝 사랑'은 나도 내 마음을 어찌 할 수가 없다.

문학의 담장을 헐다

어느 날 친한 언니한테서 "수필공부 하는데 시간이 되면 같이 하자"는 전화의 받았다. 나는 순간적으로 들뜬 스프링이 되어 "무슨 요일이에요?"라고 반사적으로 물었다. '수요일'이라는 말에 화요일밖에 시간이 안 되는 나의 마음은 스프링 빠진 볼펜이 되어 가슴을 일없이 텅텅거리면서 아쉬움을 만지작거렸다. 그러면서 다시 '화요일이야' 하는 말이 전해오기를 기다리면서 한동안 전화기 옆을 떠나지 못했다.

"언니, 나 정말 문학공부 하고 싶은데 화요일로 바꾸면 안 되겠죠?" "잘 모르겠는데 바꿀 수 있을지는 모르지만 한번 부탁을 해볼게" 하는 말은 화요일도 가능하다는 희망의 메시지인데. 설렘 반 걱정 반으로 연락이 올 때까지 기다릴 수밖에는 아무것도 할 수가 없었다. 그 시간 이후로 나는 머릿속이 복잡해지기 시작했다. 언제부터인지 모르게 가슴 깊은 곳에서 안개처럼 모락모락 피고 있던 '문학'에 대한 그리움이 한 통의 전화를 받으면서 꽃봉오리가 되어 피기 시작하여 두근거림의 향기로 일을 할 수 없었다. '잔잔한 호수에 파문이 인다는 느낌이 이런 것일까'

'정말 하고 싶던 문학공부를 나도 하게 된다면…' 하는 생각은 시간이 갈수록 손가락 끝까지 짜릿하게 들뜨게 하였다. 그러면서도 한편으로는 '문학에 대한 기초도 없는데 다른 사람들에게 방해가 되는 건 아닌지…', 등의 걱정은 시작도 안 한 문학공부를 펼치고 이미 나의 마음을 사로잡기 시작하여 일을 하면서 수십 통의 글을 쓰고 또 쓰고 지우면서 시간을 보냈다.

따르릉 따르릉

몇 시쯤 되었을까

평소에는 요란하게 들리던 전화벨소리는 아름다운 전령의 소리로 들려 한걸음에 달려가게 했다. "네가 바라는 대로 화요일로 하기로 했어"라는 말에 수화기 저편의 언니를 와락 안아 주고 싶었다. 숨이 멈추어질 것 같았다. 가슴이 콩탁콩탁 뛰기 시작하고 얼굴이 붉어지고 손이 떨리고 있었다. 짝사랑 하던 친구의 연락을 받은 것처럼, 그리고 아무도 모르게 숨겨 놓았던 비밀이 탄로 난 것처럼 기쁨과 두려움이 한꺼번에 교차하며 와르르 몰려왔다. 내가 정말 가까이 가 보고 싶었던 문학 그리고 글쓰기를 통해서 만나고 싶었던 그 향기를 맛볼 수 있다는 현실은 나를 저만치 떨어져 있던 과거의 시간으로 되돌아가게 했다.

초등학교 3학년 때의 일이다.

내 생각인지 모르겠지만 우리 담임선생님은 유독 나를 예뻐하셨던 것 같다. 어느 날 수업시간이었다. 나의 일기장을 보시고는 "일기도 잘 쓰고 글씨를 예쁘게 쓴다."며 칭찬을 해주셔서 반 친구들한테 부러움을 사기도 하였는데 또 어느 날은 "너는 감성적이고 글도 잘 쓰니 나중에 크면 훌륭한 소설가 되겠네"라고 하셨다. 어려서 소설가가 무엇인지 상세하게 몰랐지만 글 쓰는 사람이라는 것만은 확실하고 글 쓰는 일은 아무나 할 수 없는 일인데 내가 할 수 있다는 것은 대단한 일이었다. 그러한 대단한 말을 선생님한테 들었으니, 그것도 많은 친구들 앞에서…. 그 말을 듣는 순간 너무 기뻤다. 반 친구들의 부러운 시선이 온통 쏠리면서 나는 특별한 일을 할 수 있는 사람이 그때부터 되어 가고 있었다. 이 기쁨을 빨리 전하고 싶어서 한걸음에 집으로 달려가 어머니한테 "선생님이 내보고 글 잘 쓴다고 소설가 되라고 했어. 일기도 잘 쓰고 글씨도 예쁘대"하며 자랑을 늘어놓았다. 그런데 가만히 듣고 계시던 어머니께서 엉뚱한 소리를 한다는 표정으로 이렇게 말씀하셨다.

"쓸 때 없는 소리 하지 말고 동생들 밥 챙겨주고 부엌에 가마솥을 깨끗하게 닦아놓아라" 하시며 다른 날과 다르지 않은 퉁명스러운 목소리로 말을 던지시고 일하러 나가셨다. 나는 그래도 칭찬 받을 것을 포기하지 않고 볏짚에다 재를 바르고 열심히 솥을 닦아 놓았다. 그 당시에는 이 일에 나에겐 가장 힘들고 고단한 일이었다. 어머니가 오시면 좋아하실 거라는 생각에 다른 일손도 놓지 않고 열심히 집안일을 하고 있었는데 부엌에 들어오신 어머니는 잔소리부터 시작하셨다. 애들 목욕도 안 시키고 도대체 뭘 했냐고 버럭버럭 큰소리로 야단만 치시고 내가 청소해 놓은 것은 보이지도 않으셨는지 보는 둥 마는 둥 하시면서 아무 말씀도 없으셨다. 속으로 너무 서운해서 눈물이 펑펑 쏟아졌지만 밖으로 드러내 흘릴 수 없어서 꾹 눌렀다.

둘째인 나는, 집안일과 심부름을 해도 언제나 혼이 났다. 왜 나를 미워했는지 모르지만 그때를 생각하면 언니가 잘못하고 동생이 잘못을 해도 내가 항상 야단을 맞았다는 생각이 지금도 든다. 꼭두새벽에 일어나서 밭에 나가 일을 하다가 학교를 헐레벌떡 가야했고 수업을 마치면 곧바로 엄마를 도와주러 밭으로 또 총알처럼 뛰어서 가야했다. 공부보다는 밭에 나가서 일하는 시간이 많았지만 저녁이 지나고 밤이 되면 밤하늘을 수놓은 별을 바라보면 마음이 개운해지고 맑아졌다. 또한 혼자서 조용히 일기도 쓰고 책도 읽을 수 있어서 행복했다. 일기 속에는 나의 고단한 일들이 고단하지 않다고 나를 위로해 주었다. 그러던 중 선생님이 다른 학교로 발령을 받으셨다. 나에겐 청천벽력이었다. 그때부터 나는 일기 쓰는 것과 책 읽는 것에 흥미를 잃었고 소설가의 꿈도 사라져 버렸다. 선생님의 칭찬은 낮 동안의 일이 아무리 힘들어도 일기 속에서 되살아나면 다음 날 칭찬이 되기 때문에 고된 일도 즐거웠는데 선생님과의 이별은 나에게 문학의 꿈을 정지시켰고 학교생활도 흥미가 없어지게 했다. 지금처럼 메일이나 있었으면, 지금처럼 전화라도 있었으면 하지만 모든 것을 시대의 아픔으로 탓하기에는 나의 변명이다.

많은 시간이 흘러갔다. 이제는 동생들도 제 자리를 잡고 잘 살고 있다. 그리고 나또한 남편과 가족이 생기면서 여유로운 삶이 되었다. 그러던 중 여유로움 속에서 꿈틀거리는 뭔가를 발견했다. 그래서 학교를 달려갔다. 대학원을 졸업하고 학교 강의를 하면서도 갈증은 없어지지 않았다. 그 갈증은 문학에 대한 그리움이었던 것을 '전화 한 통'을 통해 알게 되었다. 내가 그토록 갈망하던 소설가의 꿈을 이루고 싶다는 의지가 나의 의식 속에 숨어있는 무의식이었는지 모른다. 일단 소설이 속해 있는 문학을 만나러 간다.

기다리고 기다렸던 문학과의 첫 만남! 매주 화요일 오후!
설렘과 그리움을 동행하여 나의 짝사랑을 만난 것처럼 이야기꽃을 피우고 추억들을 하나하나 꺼내 보여 줄 것이다. 그리고 앞으로 걸어가는 길도 함께 할 것이다. 선생님께 칭찬 받았던 그때의 기억을 되살리면서 글을 통하여 세상에 한 걸음 더 나아가서 지금보다 더욱 아름다운 사회인으로 살아갈 수 있으리라.
이제부터 다시 일기를 쓰기 시작했으니까.

흔들리는 것이 삶이다

문학에 입문하고 처음 참여하게 된 행사가 '봄빛 바다 시낭송'이었다. 움직이는 배에서 시를 읊는 것은 낭만 그 자체로 내게 다가왔다.

그날은 봄비가 안개를 적당히 내리고 있었다. 바람은 파도를 심하게 움직이며 요동쳤다. 항구를 떠나는 순간 비바람은 더 세차게 몰아치고 배는 정신없이 흔들렸다.

'시낭송을 할 수 있을까?' 하는 두려움이 나를 엄습했다. 그러나 그런 분위기에 익숙한 회원들의 눈과 마주치면서 안개와 파도가 어우러진 바다의 매력에 빠져 들었다. 바다의 어느 지점쯤 되었을까? 시낭송은 시작되었다. 방송에서나 듣던 '시낭송'을 바다 위에서 직접 듣게 된다고 생각하니 행복한 미소가 저절로 나왔다. 그들은 구력이 있어서 그런지 몰라도 모두가 제 나름대로의 악기인 목소리를 감정과 연결해서 나에겐 감미롭게 들렸다.

즐거움은 신인들도 자작시를 낭송을 해야 한다는 말에 두근거림으로 바뀌었다. 파도처럼 내 마음이 출렁거렸다. 유람선처럼 마음이 흔들렸다. 잘 할 수 있을까 첫 음을 어떻게 내지….

내가 쓴 시는 엄마의 삶을 표현을 한 시였다. 비바람은 아까보다 더 세차게 몰아치고 배는 파도와 부딪치며 이리저리 흔들렸다. 그러다가 내 차례가 되었을 때, 나는 나에게 빠지고 말았다. 흔들리는 그 자체가 엄마의 삶으로 다가와서 낭독을 하면서 가슴이 아리었고. 감정이 실리기 시작했다. 그리고 끝났다. 비바람이 불던 날씨가 나의 시 낭독에 배경이 되어 준 셈이었다. 그렇다. 흔들리는 것이 삶이다.

30년 전 제주도에서 배를 타고 내 삶의 새로운 시작점이 된 부산에 도착했다. 꼬박 14시간을 배안에서 지내면서 멀미도 했다. 큰 파도는 나를 공처럼 배 안에서 데굴데굴 굴러다니게 했다. 밤새도록 그것을 되풀이 하던 배는 아침에 도착할 쯤에는 언제 그랬냐는 바다는 잔잔하게 도시에 나를 안겨 주었다.

그랬던 부산은 나에게 꿈을 실현시켜 주었다. 물론 지난 세월이 그렇게 쉽게 지나가지는 않았지만 내가 꿈을 잃지 않고 목표를 향해 갈 수 있게 한 곳이 '부산'이었다.

따라서 문학은 내게 바쁜 일상을 여유로 바뀌게 하는 원동력이 되고 있다. 글을 쓰면서 문학 활동할 수 있게 된 것은 나에게는 큰 축복이고 선물이다. 흔들리며 살았던 지난날 실타래처럼 엉킨 사연들을 글로 엮을 생각을 하니 설렘과 기대가 된다.

한파

　1월이 상종가를 치며 막바지로 달리던 날 친구의 목소리는 우울하다. 그녀의 불안이 나의 마음으로 스캔되는 순간 주객이 전도되어 친구보다 내가 이야기를 주절주절해 나갔다. 그녀는 한참을 듣다가 병원에서 유방암이 발견되었다는 것과 어쩌면 죽을지도 모른다는 자기 진단을 전한다.

　상아탑의 문을 나서서 열정의 꽃망울이 눈부실 때 나는 '자궁암'을 통보받았었다. 세상을 향해 속력을 낼 때 제동이 걸렸다. 순순히 받아들이기가 힘들었다. 미래도 아닌 현재가 캄캄해져 오는 것을 어찌 감당할 수 있었으랴. 모두가 원망스러웠다. 기도 속에서도 왜 나에게 이런 시련을 주시느냐고 은근히 따지기도 했다. 그때는 세상에서 나만 왕따가 된 기분이었다. 설마가 사람 잡는다더니 설마하고 나선 병원 길에서 암을 통보 받았으니.

　시험을 친 후 학점을 기다리는 두근거림 끝에 F학점을 받은 기분이라고 해야 할까. F학점은 이런 기분이었을까. 불타는 향학열을 식히지 못하고 있을 때였다.

　초기라서 수술한 후 항암치료는 하지 않아도 된다고 했다. 하지만 불안은 사라지지 않았다. 그 당시를 떠올리면서 불행 중 다행이라는 의사선생님 말씀에 남편은 많은 위로가 되었다고 했다 그렇지만 그것마저 나에게는 낯선 위로였다.

'이대로 무너지면 안돼' 라고 나를 타일렀지만 용납되지 않았다. 그동안 시간을 낼 수 없을 만큼 바빴는데 돌아온 것이 상보다 채찍인 것에 대한 반감이었는지 모른다. 그동안 시간강의는 물론이고 점포를 여러 곳 운영하며 많은 직원들 교육까지 직접 하면서 한 번도 힘들다는 생각을 해본 적이 없었다. 바빴던 시간들이 면죄부가 될 수 있었음에도 불구하고 면죄부가 되지 못하는 나에 대한 원망이 나를 괴롭혔다.

중학생 딸과 아들 앞에서 우는 모습을 보여 줄 수 없었다. 그러나 이미 그들은 나를 보았고 감추면 감출수록 공포와 불안은 나를 흔들었다. 까만 밤 하얗게 새우는 여인이 내가 될 줄이야.

어느 날 아무도 없을 때 아니 주님만 계시는 곳에서 목 놓아 울었다. 그리고 살려달라고 애원했다. '믿음'이 나를 일으키고 있었다. 열심히 산 것은 욕심의 파노라마가 아니라는 것을 주님께서 믿어주시는 그 믿음이었다. 불안과 원망은 진흙탕 속에서 한 걸음씩 빠져나오며 나와 나는 화해를 시작했다.

남편이 권유로 부산 가까운 근교에 이사 가게 되었다. 운영하던 일도 좀 줄이고 도시보다 시골에서 보내는 시간을 늘리게 된 것이다. 새로운 환경에 적응해 가면서 목소리라도 듣던 친구와의 시간도 뜸해졌다. 누가 먼저랄 것도 없이.

우리가 처음 만났던 곳은 D대학교였다. 친구는 서울에서 나는 제주도에서 부산으로 유학 왔다. 성격과 취향과 억양은 달랐지만 타향살이가 우리를 친하게 만들었다. 교정에서 희로애락을 같이 하면서 열정과 꿈도 너무나 많이 닮아갔으며 일요일도 반납하고 도서관을 찾는 상아탑의 표준 모델이기도 했다. 조금은 늦은 나이에 대학원을 같이 졸업했고 서로의 길은 달랐지만 서로에게 아낌없는 박수를 보냈다. 나는 시간강사를 하며 사업에 매진했다. 친구는 대학에서 학생들을 가르치는 일에 전념하게 되면서 목소리만 듣는 시간들이 늘어났다.

불안은 누구한테나 잠재되어 있다. '암'이라는 존재를 만나면서 불안은 나의 주인처럼 솟아났었다. 누군가가 동행하면서 살아가는 게 '암'이라고 했지만 쉽게 용납되지 않았던 그때였다. 나의 어두웠던 과거의 불안, 친구의 투병소식에 새삼 드러나 괴롭히고 있는 것이다.

수술을 앞둔 친구에게 받아들이라고 쉽게 말을 하기에는 아직 용기가 나지 않는다. 나도 그때에는 누구의 이야기도 쇠귀에 경 읽기였으니까. 가까스로 한 말이 "자신을 놓아버리고 하느님께 맡겨라"고 했지만 믿음이 없는 친구는 무슨 생각을 하는지 흐느끼는 울음만을 유선으로 전한다. 서로의 눈빛을 바라보며 열정을 확인했던 무언의 침묵 속으로 이젠, 유효기간이 지난 것일까. 가만히 침묵이 흐르고 우리는 서로 헤어 나오지 못했다. 아무리 먼저 해 본 경험을 이야기해 준들 무슨 소용이 있으랴. 죽음, 이별 등의 불안이 가슴을 휩쓸고 있는데 조금 더 기다리자. 나와 나의 화해가 나를 이끌어 주었듯이 그 화해의 시간을 기다리자. 보름 후면 수술이 끝나고 회복하는 동안 우리 둘은 동병상련을 이야기 하며 또 닮아 서로 웃을 것이다.

친구와의 유선이 침묵으로 끊기고 마음이 바쁘게 움직인다. 죽을 끓여서 병문안을 나서는 길에 눈물이 함께 나선다. 친구야 나중에 건강을 찾은 나중에 누군가에게 불안을 씻어주려고 애쓰는 시간이 너에게도 기다리고 있을 거라 믿는다. 바쁜 걸음은 그녀를 향했다.

1월의 마지막 한파 그 상종가는 너무 시리고 아프다.

시골 & 플러스

　어둠이 덜 깬 새벽을 앞 집 굴뚝에서 나오는 연기가 먼저 깨우는 가 싶으면 이집 저 집에서 대문을 여미는 소리가 들린다. 새벽이 아 침이고 보면 이웃 어른들의 이른 아침인사는 예사다.

　오늘도 경운기에 시동 걸리는 소리를 기다렸다는 듯이 뒤질세라 목청을 높이는 동네 강아지들의 상쾌한 짖음이 초여름을 부채질 한 다. 언제나 이러한 일상이 반복되지만 상쾌한 것은 산이 바로 옆에 있고 작은 천이 가까이 있는 것도 한 몫이다.

　"매일 먼 길을 운전하며 출근하는 것이 힘들지 않느냐."고 출근길 에 만나는 어른들은 진정으로 걱정하신다. 그럴 때마다 이곳에서 출 근할 수 있어서 행복하다고 목례로 답하지만 동네를 빠져나올 때까 지 날마다 전송을 받는 격이 되고 만다.

　얼마나 행복한가 어르신들의 귀여움을 받는 것이. 도시의 사람들 은 계절을 패션의 감각으로 알지만, 시골에서 출퇴근하는 길목에서 보는 산과 들의 패션은 어제 다르고 오늘 다르니 얼마나 볼거리가 많은지 혼자 보기가 정말 아깝다.

　어제는 산자락에서 눈부시게 피어나는 안개가 집시인양 춤을 추 는 것을 보았다. 산과 들을 무대로 하여 추는 춤에 반해서 바쁜 출 근시간이었지만, 잠시 차를 세우고 눈이 아프도록 넣었다. 그뿐만이 아니라 숨도 깊이 쉬어보고 카메라 렌즈의 초점에다 그 풍경을 찍었다. 이렇듯 아침마다 바뀌는 풍경을 가슴 두근거리면서 만나는 것은 시골로 이사 온 후 나도 모르게 생긴 버릇이 습관으로 되었다.

오늘은 일을 마치고 친구를 만나러 가기로 했다. 일이 밀리면 행여나 시간을 맞춰나가지 못할까 봐 바쁘게 내 일을 하고 마무리는 직원에게 맡기고 나왔다. 정말 오랜만에 만나는 친구였기에 바삐 서둔 셈이다.

시골에서 자동차로 출퇴근 하는 바람에 대중교통과 나도 모르게 멀어졌다. 그래서 오늘은 참 오랜만에 지하철을 이용하게 되었다. 지하철역에서 어떻게 표를 사야할지 망설이고 있는 내 모습이 어설퍼 보였던지 지나가던 신사 분이 친절하게 이렇게 하는 것이라며 직접 표를 뽑아 주었다. 민망하기도하고 부끄럽기도 하여 고맙다는 인사도 못한 채 서둘러 지하철을 탔다.

두리번거리면서 몇 정거장을 가야할지 노선표를 보고, 내릴 역을 점찍은 후에 눈에 띈 빈자리에 앉았다. 그런데 내 옆 맞은 편 어디라고 할 것 없이 젊은이들은 물론이고 연세 든 분들까지도 스마트폰을 책 읽듯 보고 있다. 게임을 즐기는 사람이 있는가 하면, 문자를 주고받는 사람들 전화 벨 울림에 신경을 곤두세우는 것은 그들보다 그들의 주변을 살피는 '나'였다. 나의 안절부절 함은 그들에게 낯익은 촌스러움일까? 큰 소리로 전화를 받으며 신변 잡담을 늘어놓으면서도 나의 당황함은 안중에도 없다. 가까이 있는 젊은 한 쌍은 서로 부둥켜안고 킥킥 거리며 동영상까지 보고 있으니 내 눈은 둘 곳이 없이 감아 버렸다.

차안에서 책을 읽는 풍경은 고전이 되고 말았단 말인가? 아무리 디지털 시대라고 하지만 오늘의 풍경에 현기증이 난다. 스마트 폰을 손끝으로 쓱 그으면 모든 걸 해결 할 수 있는 정보 통신은 고맙기도 하지만 그 반면에 잊어버리고 사는 것이 더 많은 것 같아서 씁쓸하다. 배려라는 게 없는 지하철 안의 풍경에서 지친 나는 친구를 만났을 때에는 파김치가 되었다. 무엇을 먹어야 할지 무슨 이야기를 해야 할지 어리벙벙했다. 혼이 빼앗긴 느낌이라고 할까 방전된 배터리가 된 것 같다고 했더니 친구가 촌티난다고 장난스럽게 놀렸다.

집으로 돌아오는 길에 스스로 위로했다. 너는 다행히도 저녁이면 팍팍한 도시를 탈출하지 않느냐고 다독였다. 시골의 골목길은 밤이 내려와 있어도 길이 편하다. 늦은 귀가를 걱정해 주는 멍멍이가 짖어도 시끄럽다고 하는 이웃이 아니라서 좋다. 우리 집 강아지뿐만 아니라 옆 집 강아지까지 반가워해주니 나의 퇴근은 날마다 떠들썩하다.

출근길과 퇴근길을 이렇듯 근사하게 하는 사람은 드물 것이다. 그래서 이웃들이 너무나 소중하다. 오는 길과 가는 길을 걱정해 주는 어른들의 안녕이 궁금하여 내일 아침에는 일찍 먹거리를 장만하여 인사드려야겠다.

철로를 이탈하다

초인종 소리는 강아지 녀석들에게 일감을 주는 거나 다름없다. 정신없이 짖어대는 것을 나무라면서 다급함에 신발을 신는 둥 마는 둥 하고 나갔더니 앞집 어른이셨다. 작업실에 문은 잠겨있고 차도 보이지 않아서 무슨 일이 있나 싶어서왔다며 상큼한 딸기 한소쿠리를 내미셨다. 딸기 철이 아닌데도 빛깔이 여간 곱지가 않다. 맛도 있으리라. 이렇게 오늘 새벽은 딸기로 시작되었다.

우리 동네는 반촌에 가깝다. 젊은 사람들은 많지도 않지만 그나마 있는 사람마저 도시로 일자리를 구하러 나갔다. 할머니들은 거의 다 비닐하우스에서 일을 하시고, 할아버지들은 텃밭이나 집안일을 돌보고 계신다.

나는 이곳으로 올 때, 은빛의 비닐하우스가 넘실대던 풍경이 좋았다. 막연히 도회지에서 가까이 볼 수 없었던 동경의 공간이 궁금했던 탓도 있었다. 그러나 해마다 일손이 부족해서 출하에도 어려움을 주는 동네 어르신들의 가슴앓이 공간으로 알아가면서 나의 동경은 동경으로 끝나가고 있는 중이다. 일주일에 두어 번 와서 도자기 작업을 하다 보니 남편과 나 또한 이곳에서는 이방인에 불과하지만 늘 따뜻하게 맞이해 주시는 어르신들의 사랑에 이곳으로 오는 날을 손꼽아 기다릴 때도 있다. 그럴 때는 도시에서 지친 시간이 많은 날이리라.

할아버지를 얼른 안으로 모셨다. 우리 부부도 이미 일어나서 마당일을 하고 있었던 터였다.

"벌써 딸기가 이렇게 먹음직스럽게 컸나 봐요?"

"우리 없으면 딸기 값도 제대로 못 받을 껴"

은근히 할머니가 하시는 일을 자랑하시는 얼굴빛이 화색이 돈다.

"요즘 젊은 사람들, 우리같이 힘든 일을 하라면 도망가 버릴 걸."

하시면서 으쓱대시는 것도 한 두 번의 제스처는 아니지만 그럴 때마다 맞장구를 치는 나의 장단을 남편도 거든다. 할아버지는 내친 김에,

"세종대왕이 쉽게 올 것 같냐?"며, 젊은 사람 못지않게 유머도 하시는 것을 들으면서 아침 준비를 서둔다. 아침상을 같이 차릴 셈이다.

직장을 구하러 간 젊은이들은 어디로 갔을까. 우리 업계에서도 직원구하기가 쉽지 않다. 힘든 일 자체를 하지 않으려고 하고, 수습기간을 스스로 견뎌내지 못한다. 몸보다 마음이 앞서는 까닭도 있겠지만 기술이라는 것은 연마를 해야 됨에도 그러한 시간을 갖지 않은 것에 문제가 있는 것이다. 지나친 에고이스트라고 해야 할까. 자기 마음이 뒤틀리면 소리 살짝 사라지기가 일쑤이다. 그것뿐이 아니다. 면접을 보고 출근을 약속하고라도 지키지 않는 것이 예사다. 가끔은 황당하게도 부모님까지 나설 때도 있다.

"우리아이 적성이 그쪽하고 맞지 않는 것 같다"는 일방통보는 아찔한 사회를 보는 것 같아서 오히려 걱정스럽기도 하다. 이것은 젊은이들만이 문제라고 볼 수는 없는 것 같다. 요즘 부모들은 너 나 할 것 없이 소중하고 귀한자식들이라 생각하여 과잉보호를 하고 있는 건 아닐까? 나도 부모의 입장에서 뒤돌아보며 반성하게 된다.

며칠 전의 일이다. 면접을 보러온 헤어디자이너의 이력서에는 이곳저곳 방랑 생활한 흔적들이 빽빽이 적혀있었다. 올바른 기술을 배우려면 한곳에 오래 근무해야 배울 수 있을 텐데……. 하는 걱정도 배제하지 않았지만, 요즘 젊은이들은 한 곳에서 오래있기보다 대부분 여러 곳에서 많은 것을 습득하기를 원한다. 스텝 생활을 6년을 보냈다는 것은 기초를 튼튼하게 배우겠다는 의지가 있은 것 같아서 호감을 가졌다.

처음 시작하는 마음으로 열심히 일을 하겠다는 A의 말에 가슴이 뭉클했다. 내가 두피(탈모)를 전공했다는 말을 듣고 부족한 부분을 배우고 싶어서 어머니의 친구 소개로 왔다는 간절한 마음까지 보였다. 배우려는 자세와 간절한 마음이 있다면 어떤 힘든 일도 해낼 수 있다는 생각에 흔쾌히 함께 일을 하기로 했다.

저녁쯤 되었을까? 그녀의 어머니에게서 전화가 왔다.

"원장님, 감사합니다. 우리 아이 잘 부탁합니다. 그런데 한 가지 여쭤어 볼 게 있습니다. 우리 아이가 두피관리를 맡아서 하기로 했다면서요? 두피마사지를 하려면 손가락이 아프지 않을까요?"

나는 황당했다. 두피케어에 대해서 무엇을 안다는 말일까.

다음날 A는 출근 하지 않았다. 출근시간 한참을 지난 후 A씨의 어머니가 또 전화를 했다. "밤새 생각했는데 우리 아이가 그곳에서 일하면 힘들 것 같아서 못 보내겠습니다. 죄송합니다." 나의 대답이나 말할 기회도 주지 않고 딸깍이라는 끊음의 여운만 남겼다.

'이럴 수가?'

수화기 속으로 들려오는 목소리는 어제와는 전혀 다른 목소리였다. 적반하장도 유분수다. 면접을 본 청년은 온데간데없고 나는 뜻밖에도 그녀의 어머니로부터 통보 받은 것이다.

지금 시골에서도 어르신들이 홀로서기를 하고 있다. 논일이며, 밭

일이며, 비닐하우스의 일까지. 우리 사회를 짊어지고 가야할 젊은
이들 홀로서기를 아끼지 않아야 한다. 나의 이런 걱정이 정말 사소
하기를 바라는 마음 간절하다.

　아침상을 차렸다. 넉넉하게 웃으시는 할아버지와 함께 마주한 밥
상이 왠지 여느 날보다 소담스럽다. 우리도 아이들은 각자 직장으
로 내보내고 우리들 역시 홀로서기를 하고 있다. 도시에서나 시골
에서나 각자의 일터에서 할아버지와 할머니처럼 우리도 다른 홀로
서기를 하고 있다.

청춘 일기

매년 12월의 마지막 날에는 남편 대학동기 모임이 있다. 25회 째, 청년의 나이다. 1박 2일의 행사로서 망년회를 하고 새해맞이를 한다. 기록이 있다면 회원 전원 빠짐없이 25년간 참석했다는 점이다. 그래서 연말이 되면 혹시나 나로 인해 기록이 깨질까 봐 나름대로 건강에 각별히 신경을 쓰는 부산스러움을 딸에게 들키기도 한다.

딸은 나를 건드린다. 두 사람이 CC도 아니면서 같이 들뜨는 것은 이해 못하겠다고 한다. 이해 못할 만도 하다. 연애시절부터 남편 친구들의 모임에 총무를 했고 지금까지도 하고 있으니까 무어라 변명할 수도 없다. 부부의 연애를 다 들켰으니 약 올리는 딸의 말을 다 수용하면서 딸에게 한 마디 건넨다.

"너도 지금이 꽃 같은 시절이지 않느냐"

"무슨 꽃 같은 시절"

딸의 대답에 순간적으로 쏟아지려는 눈물을 훔쳤다. 뒤이어 오는 말을 들어야 했다. 전공을 살려서 취직하려니 한국에는 취업문이 좁아 들어가기도 힘들고 차라리 공부할 때가 꽃 피던 시절 이었다고 하며, 부모님에게 용돈 받아 쓸 때가 좋았다고 한다. 얼른 마음을 다독거려야 되겠구나 싶다.

이제 직장인이라고 다 컸나 싶었는데 마음고생을 하고 있는 것에 신경이 쓰인다. 해맞이 같이 가자고 했더니 내 꽃 같은 나이에 엄마들 하고 어울려서 되겠냐고 설레발을 친다. 우리는 건성으로 묻고 대답한 것에 서로 웃고 넘겼다. 돌이키면 새해 첫 날에 떡국을 함께 먹은 적이 없다. 결석이 없는 모임을 지키는 것에 상처가 생기는 줄 몰랐다. 짐을 챙기면서도 딸의 말이 걸린다. 내가 꽃 같은 시절이라고 여긴 때가 딸에게는 암울한 때라니 마음이 불편해지기 시작한다.

사실 꽃 같은 시절이라고 부르짖는 그 시기가 불안했던 적이 있었다. 그 시절에는 장마철 햇빛처럼 잠시 잠깐 빛나다가 비가 쏟아졌다. 우울하고 불안한 시기였다. 청춘예찬은 그림의 떡이었다. 부모를 원망하기도 하고 세상을 탓하기도 했다. 공부에 대한 갈증 또한 심해서 방송통신대를 다니면서 저녁에는 일본어학원에서 공부하고, 직장생활을 하면서 미용기술도 배웠다. 한 가지 기술로 살아가기에는 나에게 보여준 세상은 버거웠다. 친구를 만나고 노는 것도 사치였다. 돈을 모아 정규대학에서 하고 싶은 공부를 하는 게 꿈이었다.

희망을 위해 열정을 투자했다. 달세 주는 돈도 아까워서 일어설 수도 없는 다락방을 얻었다. 천장이 낮아 옷은 앉은 상태에서 갈아입고 거울도 쪼그리고 봐야했다. 사다리를 타고 올라간 다락방에서 아침이 될 때까지는 내려오지도 못했다. 슬플 여가가 없었다. 슬픈 것도 여가였던 그 시절 나에게는 향기로운 시절이 없었다.

열정은 배짱을 주었다. 기죽지 않고 당당하게 생활하는 나를 보며 이모는 꼭 성공 할 거라고 말했다. 이모는 보다 못해 자기 집으로 불렀다. 이모가 손자를 보는 상태라서 일손이 필요했기에 그 일도 도울 겸 들어갔다. 사촌오빠들은 친동생처럼 대해주었고 초등학교 선생님인 사촌언니도 예쁘게 봐 주었다. 여름 어느 날에 사촌오빠는 좀 쉬면서 일하고 공부하라며 오빠친구가 사는 거제도 몽돌해수욕장에 같이 가자고 했다. 이모도 거들었다.

3박4일을 예정하고 우리는 고속버스를 탔다. 꼬불꼬불 산길과 푸른 바다를 밀고 당기기를 반복하는 버스길은 즐거웠다. 밀리고, 따라오다 밀리는 것을 반복했다. 오빠들은 배낭과 통기타를 메고 있었다. 내가 상상한 대학생 모습 그대로였다. 해가 중천에 있었던 탓인지 몽돌해수욕장의 몽돌은 찜질방처럼 뜨거워서 발을 디딜 수가 없었다. 일행은 바닷가 중앙에 자리 잡았다. 동그랗게 둘러앉아 기타를 치고 노래를 부르기도 하고 해주음에 맞추어 하모니카를 불기도 했다. 하루해는 너무 짧았다. 낭만을 배운 외출이었다.

그 후 나는 변화했다. 가슴속에 굶주렸던 모든 것들을 다 날려버렸다. 마임 랩을 확실히 그리게 되었다. 가족의 소중함도 알았고 사랑하는 법도 배우며 지내다보니 사랑이 내 마음속에 자리를 잡았다. 그때 내 마음을 뺏어간 사람이 남편이다. 남편은 부지런하고 열정적이고 긍정적인 나에게 반했다며 그때부터 지금까지 나의 열렬한 팬이며 지원자가 된 것이다.

딸에게 엄마의 남편 같은 남자친구가 있기를 원한다. 그런 남자만 있다면 꽃 같은 시절이라고 버럭버럭 우기며 배낭을 메고 나간다고해도 말리지도 않겠다. 씁쓸한 마음을 뒤로 하고 집을 나섰다. 이번에는 거제도다. 펜션 앞에 바다가 한눈에 보인다. 내일이면 일출이 반길 곳이다. 송년의 밤은 아쉽게 지나가면서 밤을 지새우게 한다.

임진년 일출이다. 황금빛 해가 솟아오르자 각자 준비한 덕담을 한 후 해금강으로 갔다. 남편과의 첫 만남이 있었던 해금강은 우리들의 추억을 출렁거리고 있었다. 그 당시 위로받고 싶었던 바다를 바라보며 만감이 교차한다. 그 시절이 있었기에 지금의 나를 만났다고 생각하고 묵혀둔 답을 한다. 나에겐 그 시절이 꽃 같은 시절이었다.

꿈을 빚는 손

시골 겨울은 삭막하기 그지없다. 요즘은 겨울비가 주룩주룩 내리고 있어 쓸쓸함이 더하다. 구름도 영혼을 잃은 듯 정처 없이 떠다니며 그림자를 몰고 다닌다. 하지만 이렇게 우울한 날에도 흙을 만지면 희망을 싣고 오는 봄 기척이 있어 생기를 얻는다. 계절도 우리의 삶과 다르지 않게 생生과 사死를 산다는 생각에 이르면 우울한 것쯤이야 어찌 견디지 못하겠는가.

오늘따라 도자기 작업실은 간간이 비치던 햇살마저 끊기고 매서운 바람만 뱅뱅 돌고 있다. 겨울은 흙이 건조해서 작업하기가 힘들어 애 타게 봄을 기다린다. 1주일에 한번 찾는 시골집에는 춥다는 핑계로 발걸음을 아꼈더니 도자기 실은 싸늘하다. 꽁꽁 얼어버린 흙과 눈 맞춤을 하니 마음이 아리다. 바싹 비틀어져 있던 기물들도 추위에 견디지 못해 초라한 기색이다. 만들어놓은 컵들과 그릇은 돌덩어리가 되어있다. 금이 가거나 맘에 들지 않는 기물들은 모아놓았다. 새봄이오면 숙성시킨 흙을 토련기에 3~4번을 갈아 주면 봄 작업을 할 수 있는 새로운 흙으로 탄생한다. 흙은 버리는 게 없다. 겨울을 잘 보내고 봄을 기다리며 새로운 작품이 탄생하길 빌어본다.

도자기를 만들면서 나의 생활 또한 많은 변화가 일어났다. 대학 강의는 그만두고 잘 나가던 사업도 두 군데를 정리했다. 예민한 성격은 흙을 주무르고 빚으며 자연스럽게 흙에 집중하여 진심을 담아야 아름다운 도자기로 완성된다. 무엇보다 중요한건 '무념무상無念無想'이 된다는 것이다. 마음의 여유를 찾으면서 꿈에 그리던 글을 쓰고 그림을 그렸다. 치열한 사회생활을 하면서 느끼지 못한 여유로움과 복잡한 마음은 손으로 꿈을 빚어갔다.

　사람들은 도대체 잠은 언제 자고 그 많은 일을 하느냐고 했다. 글쓰고 그림 그리고 사업하고 집안일에 시골집으로 재능이 많다고 했지만 재능도 노력 없이는 무용지물이란 것을 작업하면서 깨쳤다. 나에게는 1분 1초가 금쪽같은 시간들이었다. 전시회 작품을 준비는 1년이란 시간이 걸렸다. 생각대로 작품은 나오지 않으면 며칠을 고민을 하고 작업을 했다. 그때는 힘든 것보다 즐거움과 설렘이 힘을 주었던 것 같다. 만들어 놓은 기물을 800도 1차 소성 작업하고 나면 재벌 준비로 온종일 시간을 내어준다. 초벌한 도자기를 씻어 말리고 나면 유약을 입혀 가마에 재임을 하고 2차 소성 1250도에 불 조절을 하며 불구멍을 열었다 닫았다 하다보면 밤을 꼬박 새운다. 온도와 습도가 맞아야 원하던 작품이 만들어진다. 긴 시간을 소홀이 하다보면 굽는 과정에서 흙이 갈라진다. 특히 벽화는 판 작업이라 뒤틀리는 경우가 많아 작업하기가 까다롭다. 평면 작업은 수분을 천천히 마르는 과정이 필요하다.

　흙은 우리의 삶과 비슷하다. 정성을 다해 만져져야하며 관심을 가지고 다듬어야 좋은 작품이 나온다.

　남편은 "당신 작품은 다른 작품들보다 훌륭해 당신은 마이다스 손이잖아"라고 하며 응원해주었다. 그 응원에 자신감이 생겼다. 도자기 전공한 것도 아니고 도자기 서적을 보고 만들고 부수고 하며 손에 감으로 만든 작품들이다. 퇴근하면 공방에서 살았다. 휴일도 반납하고 흙에 파묻혀 지낸 시간들의 결과이다.

남편이 시골집 창고를 개조해 공방을 만들어 주었기에 가능했다. 가마를 만들고 토련기, 물레, 유약 통들까지 제자리를 잡으니 멋진 공방이 되었다. 남편은 흙을 갈아주고 불을 때주기도 했다. 전시회는 나 혼자의 작품이 아니다. 손을 맞잡은 남편과의 합작품이다.

드디어 전시회 날이 왔다.

모든 사람들에게 심사를 받는 날이기도 했다. 보는 시각과 느끼는 감각은 다르지만 바쁜 여정 속에서 잠시 풍요로움을 누릴 수 있었으면 좋다는 는 생각으로 전시회를 열었다. 많은 사람들의 축하 속에 성황리에 전시회를 마쳤다. 거칠어진 손마디가 조형물 벽화작품에서 나타났다.

그 다음해 제1시집『숨비소리의 바다』를 발표를 했다. 주어진 시간들을 버릴 수 없어 오늘도 부지런히 손이 움직인다. 손가락 마디마디가 거북이 등껍질처럼 튀어나오고 통증이 심하다. 병원에서는 퇴행선 관절염이라는 진단을 받았다. 의사선생님이 "손을 아끼세요!"라는 말을 했다. 그래도 멈출 수 없는 나의 열정은 나의 손을 멈추게 할 수 없다.

멈출 수 없는 나의 손, 오늘도 나의 꿈을 이루기 위해 꿈을 빚는다.

소라의 꿈

꿈이 뭐니!"

갑자기 지인이 아들에게 물어봤다. 내 말이 끝나기가 무섭게 아들은,

"내 꿈 없는데요."

언젠가 조용하게 물어보고 싶었던 질문이었는데 아들은 영혼이 없는 대답으로 얼버무렸다. 좀 성의 있게 대답 좀 하지. 혼잣말로 중얼거리면서 나의 어린 시절을 떠올렸다.

사실 나도 어렸을 때는 꿈이 없었던 것 같다. 누군가 꿈이 무엇이냐 물어봤으면 꿈이 없다고 했을 것이다. 그런데 소원은 있었다. 빨리 시골에서 벗어나고 싶었고 동생들 돌보는 일에서 해방되고 싶었던 게 절실한 소원이었다.

공부를 잘해서 선생님 되어야지 또 어른들이 바라는 훌륭한 사람이 되어야겠다는 꿈은 나에게는 사치였다. 그저 그때는 현실을 벗어나고 싶었다. 어둠을 깨우며 밭에 갔다가 돌아오면 학교를 가야했다. 학교를 마치고 집에 오면 다시 바다로 향했다. 다람쥐 쳇바퀴였다. 집안일이며 동생들 챙기는 것이 귀찮을 때가 한 두 번이 아니었다. 진짜 꿈이 현실로 된다면 빨리 고등학교 졸업하고 제주도를 떠나는 것을 이루는 것이었다.

우리 집은 조부모님을 비롯하여 부모님 슬하에 딸 여섯과 아들 하

나로 대가족이다. 매일 부쩍부쩍거렸다. 밭농사가 많다보니 봄이 되면 육지에서 일꾼들이 집으로 왔다. 일꾼들까지 밥식구가 되었다. 많은 식구들의 밥을 하고 빨래를 하는 건 언니와 나 뿐이었다. 대식구의 치다꺼리에 날마다 잠이 모자라고 공부할 시간적 여유도 없었다. 지금 생각하면 어린나이에 그 많은 일을 어떻게 해냈는지 모르겠다. 지루했던 그 훈련으로 지금은 아무리 많은 일이 기다린다 해도 겁나지 않는다.

얼마 전 언니는 육십이 넘은 나이에 미국 영주권을 받아 떠났다. 딸이 사는 곳으로 간 것이다. 언니와 난 부산으로 올라와서 이모네 집 2층에 방을 얻어 살았다. 집은 좁았지만 너무나 행복 했다. 동생들 돌보는 일과 밭일, 집안에서 해방이 되었기에 고향에 대한 그리움도 없었다. 특히 엄마 잔소리 듣지도 않아서 더 좋았다. 직장을 다니면서 마음속에 그리던 공부를 시작했다. 그리고 일을 마치면 부족한 공부를 위해 학원을 다녔다. 내가 둘째라서 그런지 욕심이 유독 많았다. 언니는 걱정이 되어 직장 다니면서 돈 벌어 시집갈 준비를 해야지 대학 나와서 뭐 하려고 하냐며 나무랬다. 언니는 엄마하고 똑 같이 잔소리가 심했다. 그런저런 일로 서로 말다툼 하고 짜증도 내며 20대를 함께 보냈다. 그 후로 동생들도 제주도 섬을 떠나와 부산에서 우리와 모여 살았다.

결혼을 하고 서로의 삶은 달라졌다. 언니는 늦은 결혼으로 생활이 힘들어지더니 이혼을 했다. 두 아이를 키우며 꿋꿋하게 생활 전선에 뛰어 들었다. 가정주부로 살아가는 게 꿈이라던 언니는 직장도 그만두고 현모양처를 자청했다.

"부모는 자식을 잘 키워야 된다."

고생을 대물림하는 엄마가 되지 않겠다는 각오가 대단했다. 나와는 정반대 삶을 살았다. 늘 무게를 짊어지고 살아가는 언니가 안타

까웠지만 그래도 믿음 안에서 그 고댄 생활을 이겨냈다. 어느 날 언니는 절실하게 불교에 심취해 있었다. 절에 있으면 마음이 편하다고 했다.

목탁을 치면 심신이 안정되고 마음까지 깨끗해진다던 마음이 스님께 전해졌는지 스님께서 소질이 있다면서 칭찬을 했다며 자랑을 했다. 우리는 서로 종교는 달랐지만 기도로 서로를 응원하며 지냈다.

그런 언니가 갑자기 딸이 있는 곳으로 떠난다는 소식에 우리 가족들은 우울했다. 환갑이 넘은 나이에 한국을 떠난다니 말도 안통하고 외롭게 지낼 언니를 생각하니 마음이 쓰렸다. 한국을 떠나는 날 언니는 우리들에게 이렇게 말했다.

"처음으로 너희들에게 말한다. 이제는 내려놓고 살고 싶다."

맏이라는 자리가 그렇게 무거운 짐을 지고 있었는지 몰랐다.

"내가 흐트러지면 우리 형제 다 무너질 줄 알았다. 그것도 나의 욕심이란 걸 알았다."

잠시 무거운 침묵이 흘렀다.

"너희들이 잘 돼서 너무 고맙다. 지금부터는 내 인생을 위해 못 다한 꿈을 위해 살아야겠다."

짓눌린 침묵이 출렁거렸다. 소용돌이쳤다. 모두 겉으로는 표정만 흔들릴 뿐, 안으로 요동치고 있었다. 살아온 시간들이 눈물을 머금었다.

한달이 지나고 언니는 안부를 전해왔다. 미국이란 나라가 낯설기는 하지만 잘 적응중이라고 했다. 특히 영어공부를 시작하니까 세상을 다 얻은 것 같고 꿈을 이룬 것 같다며 흥분한 목소리였다. 미국이지만 집 근처에 절 '정토회'가 있어서 자기가 제일 잘하는 목탁을 치며 봉사를 하고 있다고 했다. 참 다행이다. 노년에 접어들어

하고 싶은 일을 하고 봉사를 하며 산다는 것보다 더 좋은 꿈과 행복이 어디 있을까? 돌담 안에 숨었던 서늘한 바람 뒤에 따라오는 후광을 느꼈다.

꿈이란 무엇일까?

돈을 많이 벌어서 성공 하는 것이 꿈일까.

아니면 목표를 세우고 쫓아가는 것이 꿈일까.

누구에게나 놓치고 싶지 않은 꿈은 있다. 고민만 하다가 연기처럼 사라짐에 괴로워하기도 하고 지나간 과거에 헤매다 놓쳐버리는 것도 있다.

요즘 젊은 세대에서 '소확행'이란 단어가 유행한다. '소소하지만 확실한 행복'이란 뜻으로 쓰인단다. 일상에서 느낄 수 있고 작지만 확실하게 실현 가능한 행복 또는 그러한 삶을 추구하는 것이 꿈이라는 젊은이들…. 좌충우돌하며 자신이 무엇을 좋아하는지를 찾아가게 되지만 그에 따른 실패로 좁은 울타리 속에서 자신의 모습을 찾기는 어렵다. 그 울타리를 뛰어넘어 또 다른 꿈이 보이는 세계로 잉태 할 수 있도록 사회서나 우리의 관심이 절실히 필요하다.

"내 삶의 주인은 바로 나."

매일 꿈을 꾸며 살아가는 게 우리가 아닐까?

진실의 열쇠

청소년 상담을 같이 하는 '에바다보육원' 원장님이 연락이 왔다. 보육원은 사무실과 십 여분 거리에 있어서 자주 만나기는 하였지만, 평소와 다른 다급한 목소리여서 퇴근을 서둘러서 보육원으로 향했다.

좁은 골목길을 지나 안쪽으로 더 들어가야 하는 보육원으로 가는 길이 그날 따라 서 왜 그렇게 멀든지. 밖에서는 간판도 잘 보이지가 않는다. 이곳 주민들도 보육원인지 모르는 사람들의 많다. 대문을 열고 들어가면 마당에는 아이들이 놀 수 있는 놀이터도 제법 크고, 아담하고 아늑한 단층건물이다. 이 보금자리에서 잠시 머물다가 떠난 청소년도 있지만 이곳의 프로그램을 충실하게 실천해서 사회의 일원이 된 아름다운 청소년도 많다. 이곳은 법인도 아니고 홈 그룹으로 운영 하는 것도 아니라서 물질적으로 열악하다. 오직 믿음 하나로 오갈 곳 없는 아이들을 한 명 두 명 돌본 것이 지금은 가슴으로 낳은 식구가 20명이나 되는 대 가족이 되었다. 아이들은 갑작스런 나의 방문에 기뻐하며 반겼다.

"많이 컸구나"

일일이 머리를 쓰다듬어 주고 손을 잡아 주기도 하니 아이들은 내 손을 끌어당기며 놓을 줄 몰랐다. 처음 보는 얼굴도 있었는데 그 중에는 장애가 있는 아이 두 명도 눈에 띄었다.

"원장님 새 식구가 더 늘었네요."

아이를 안고 나오시며,

"우리아기 또 있어"

따라 들어오던 큰 아이들을 제자리로 들어가라고 했다. 그런데 복도 끝에서 휠체어에 몸을 의지한 하원이가 무거운 고개를 애써 들며 나를 향해 반갑다는 표현을 하고 있었다. 얼른 가서 안아주었다. 미소도 힘든 아이. 그러나 함박웃음의 향기로 가슴으로 파고든다. 내 귓가에 속삭이는 소리는 반가움의 노래였다. 가볍게 떨리는 울림에 한 동안 우리는 하나처럼 안고 있었다.

하원이와 인연을 맺은 게 10년쯤 되었다.

상담사로 봉사를 하며 원생들 이야기를 들어주고 정서적인 교감을 같이 체험도 했다. 사랑 속에서 꽃을 피우는 아이들을 보면서 봉사가 아니 마음으로 보듬어야겠다고 다짐했다. 그러던 어느 날 하원이의 엄마는 이곳에서 클라이언트로 만났다. 이미 임신 중이었던 그녀는 아기를 낳지 않겠다며 소동을 부렸다. 원장님께서는 새 생명을 포기 할 수 없다며 여기서 같이 지내면서 아기를 낳으면 내가 낳은 자식처럼 키워 주겠다는 약속을 했다. 오랜 상담과 설득 끝에 미혼모는 이곳에서 아기를 낳았다. 아기는 엄마 몸속에서 영양이 부족했든지 태어나자마자 몸을 가누지도 못했고 젖을 빨지도 못했다. 본능적으로 젖을 빠는 것조차 할 수 없었고 원장님은 아이가 울지 않아서 안스러워했다. 원장님과 아이는 눈물의 사투를 끼니때마다 벌였다. 원장님은 이 아이의 눈을 보고 있으면 천사 같고 온몸의 전율이 느껴진다며 순수함 앞에서 스스로 낮아지는 것을 배운다고 하셨다.

벌써 아홉 살인 하원이는 솔빛 학교에서 새로운 세상을 만나고 있다. 사랑이 없었다면 이토록 예쁜 아이가 뿌리를 내려 새싹으로, 꽃봉오리로 자랄 수 있었을까? 나는 잠시 빠졌던 생각을 접고 원장님이 나를 부른 이유를 들었다.

고등학교 학생 두 명이 들어왔는데 학교도 안 가려고 하고 돈을 벌겠다고 하여 애를 먹고 있다면서 아무리 타일러도 좀처럼 말을 듣지 않는다. 청소년이라서 일을 시킬 때도 없으니 기술을 배우게 하는 게 어떻겠냐는 뜻을 전했다. 전에도 이런 일로 상담을 해서 기술을 배우게 해서 대학까지 졸업하게 한 경험도 있었기에 내가 해 줄 수 있는 일이라면 상담을 통해 도와 드리고 싶다고 쾌히 승낙했다.

며칠이 지나 아이들을 만날 수 있었다. 여자아이는 체구가 작고 앙상한 나뭇가지처럼 말랐고, 남자 아이는 고개를 푹 숙인 채 눈을 마주치기를 회피하며 불안해하고 있었다. 나는 그들과의 눈을 마주보기위해 의자의 높이를 낮추고 가까이 다가갔다 그 순간 아이들과 눈을 마주쳤다. 알 수 없는 원망과 슬픔을 금방이라도 쏟아져 낼 것 같은 눈물을 꾹꾹 눌러 담고 있었다. 슬픔과 외로움 그리고 분노들은 가슴속에 응어리가 되어 자리 잡고 있었고 어른들에 대한 깨어진 신뢰로 마음속 깊은 상처들은 커다란 무게로 그들을 누르고 있었던 것 같았다.

이곳에서 낯선 가족과 처음에는 물과 기름처럼 둥둥 떠다녔지만, 지금은 언니와 형으로 적응해 가고 있는 중이라고 했다. 여기로 오긴 전에 새엄마 새아버지의 사이에서 적응을 하지 못하고 힘들게 살았던 아이들은 칭찬보다 부모의 질책 속에서 마음의 문을 자물쇠로 꼭꼭 걸어놓고 지냈던 시간들을 이야기하며 눈물을 흘렸다. 열쇠를 잃어버리고도 찾으려고 하지 않았던 그들은 가정, 가족, 사회에 대한 부정적인 생각들로 희망을 잃었던 것이다.

잃어버린 열쇠를 찾기 위해 나도 그들과 함께 많은 시간을 보냈다. 그들과의 소통을 위해서라면 그 열쇠는 필요했다. 그것은 진실의 열쇠였다. 아이들은 만나는 횟수가 쌓여질수록 다가오는 속도가 빨라지며 갇혀있던 마음의 문을 열기 시작했다. 포부도 말할 정도로 가까워졌다.

"성공하면 다른 시설에서 생활하는 동생을 찾아서 함께 살겠다."는 다짐을 하며 지금은 기술을 배우며 학교생활을 잘 적응하고 부정보다 긍정적인 마음으로 사회의 일원이 되었다.

1남 6녀 중 둘째인 나의 중학교 시절이 생각났다. 왜 그 당시 그토록 우울했을까. 우울하고 슬프고 좌절하는 반복의 연속이었다. 언니는 시내에서 고등학교를 다니고 있어서 토요일이나 돼서야 집으로 왔다. 주말을 기다리는 이유는 언니와 만남이 있었기 때문이었다. 언니와 집안일을 함께 해서 좋았고 동생들도 맡겨놓고 친구들과 놀 수 있어서 좋았다.

엄마는 언니가 오면, "힘들었지"하며 반겨주었고 일요일 되면 줄지어 잔뜩 싸 놓은 보따리가 나는 무거운 줄도 모르고 정거장까지 갖다 주었다. 언니를 배웅하는 길은 아무리 무거운 짐을 들었어도 힘들지 않았지만 언니가 얼마나 부러웠는지 몰랐다. 하지만 헤어질 때는 슬펐다. 그렇지만 주말을 기다리는 기쁨이 있었다. 그런데 어느 날부터 언니가 오지 않았다. 토요일이면 나는 옥상에 올라가서 언니가 어디 만큼 오나? 하고 목을 쭉 빼고 까치발까지 하고 먼 길을 바라보는 것을 주말마다 되풀이하자 엄마는 조용히 말씀하셨다.

"니 언니는 안 온다. 학원 다니고 공부한다고 힘들 거다."

그 말을 듣는 순간 갑자기 태산이 무너져 버리는 것 같았다. 나는 그때 처음으로 '혼자'라는 것이 어떤 것인지 알게 되었다. 언니가 오지 않는 집이 싫었다. 허탈한 마음을 가눌 수가 없었고 어디론지 도망치고 싶었다. 그 이후 어떻게 하면 이곳을 벗어날까? 하면서 고민하기 시작했다. 그러던 중 나는 희소식을 듣게 된 것이다. 일을 하며 고등학교를 진학 할수 있다는 소식에 단걸음으로 교무실로 달려갔다.

"선생님, 저도 원서 써 주세요."

서두 없이 무작정 말했다.

"키가 크고 몸무게가 정해져있던데…, 너는 키가 작고 그렇게 말라서 되겠니? 그때 내 키는 145센티미터에 몸무게 38킬로그램이었다. 떨어져도 좋으니 원서나 넣게 해 달라고 간절하게 말했다. 간절한 마음이 통했는지 허락해 주시면서 엄마한테 허락을 받아오라고 하셨다. 어머니와 한참 실랑이 끝에, "그래, 네가 무슨 죄가 있니" 하시며 한숨을 내 쉬시고는 허락해 주셨다. 그동안 엄마의 말에서 마음속 깊이 상처가 되었던 것이 사르르 사라졌다. 그리고 가벼운 것은 이런 것이라는 것을 맛보았다.

이제 한 가정을 이루고 자식을 키우는 엄마가 되었다. 돌이켜 보면 나는 내면에 숨어 있었던 상처를 언니를 만나는 것에서 치유했던 것 같다. 갑자기 발걸음이 끊어진 언니한테 원망과 함께 부정적인 생각은 집을 떠나게 한 요인이 되었다. 그러한 시간들은 세상을 향해 걸어가는 시간인 줄 당시에는 알지 못했다. 시간들의 경험이 이곳의 청소년들에게 치유가 되는데 도움이 된다면 언제든지 어디든지 달려가서 쓰다듬어 주고 싶다.

그때에도 원장님의 다급한 목소리에서 '아이들에게 무슨 일일까' 라는 불안이 한 걸음에 달려가게 했다.

가정, 가족, 사회에서 소외된 청소년들에게 손이 되고 싶다. 머리를 쓰다듬는 손, 마음을 쓰다듬는 손, 잃어버린 열쇠를 찾아 열어주는 손이 되고 싶다. 청소년 시절 부모님의 품에서도 갈등이 많았는데 하물며 아무도 없을 때는 얼마나 현실과 미래가 불안할까를 생각하면 나의 손이 하는 일을 멈출 수 없다. 앞이 보이지 않을 수 있다.

엄마 꽃

따르릉따르릉

고요한 정적을 깨고 누군가와 약속이나 한 것처럼 하염없이 울어대는 알람소리에도 아무 인기척이 없다. 모두 아무 반응이 없다가 아이들 방에서도 경쾌한 알람소리가 흐르기 시작한다.

"일어나세요, 일어나세요"

나의 목소리알람도 때를 만난 듯이 반복한다.

"5분만 더~"

합창을 하고는 또 아무 기척이 없다. '일어나지 않으면서 왜 알람을 해?' 혼잣말을 알람처럼 되풀이 하면서 다시 부엌에 들어가서 죄 없는 그릇들을 달그락 거렸다. 그 소리가 방까지 들렸든지 그래도 제일 측근인 남편이 기상한다.

"언제 이렇게 시간이 됐지?"

시계를 보면서 시간 탓을 하면서도 은근히 내 눈치를 보다가 내가 기척이 없자 아이들을 빨리 일어나라고 재촉한다. 이 풍경은 거의 날마다 우리 집에서 그려지는 아침이다.

내 몸은 새벽 5시를 알리는 알람시계이다. 정확하게 일어난다. 때로는 뒤척이면 어떤가. 어릴 때부터 일찍 일어나던 습관은 이제 나의 일상이 되었다. 옆에서 곤히 자고 있는 남편을 바라보면 '조금만 더 자 볼까?' 하는 유혹을 받을 때도 있지만 다시 눕는 법은 없다.

결혼이란 서로 다른 공간에서 살던 두 사람이 공동체가 되는 것이기 때문에 서로의 습관을 맞추어 가야하는 불편함도 있다. 나의 결혼 생활도 그 예외는 아니었다. 남편은 저녁잠이 없고 나는 아침잠이 없는 편이다. 서로가 생활방식 다르다보니 시간 소통을 하기가 여간 힘든 일이 아니었다. 연애할 때는 부지런하고 열심히 사는 모습에 반했다던 그이도 함께 살면서 가끔씩 부지런한 내가 불편한 때도 있는 것 같았다.

"늦게까지 텔레비전을 보고 잠을 청하니 아침에 못 일어나지, 일찍 자고 일찍 일어 나면 얼마나 상쾌한데⋯⋯"

"내가 새 나라의 어린이냐"

남편은 핀잔을 주고는 잠 속으로 들어가던 때가 한 두 번이 아니었다. 그럴 때면 "그래도 잠자는 시간을 조금만 줄이면 함께 좋아하는 운동도 할 수 있잖아요?" 그 다음 답이 나오기 전에 이불을 걷어내 억지로 산책이나 운동을 함께 했다.

"당신은 피곤하다면서 잠을 푹 자야 기분 좋게 일을 하지 아침부터 운동하면 하 루 일이 얼마나 힘들까?"

은근히 나를 걱정하지만 때로는 잠이 덜 깬 걸음이 불편하기도 해서 '내일은 깨우지 말아야지' 하면서도 다음 날이면 잊고 만다. '얼마나 자고 싶을까' 하는 생각에 이러면 운동을 나선 것을 후회하게 된다.

'그냥 자게 내 둘 걸'

어린 시절 시골 생활은 부지런함을 몸에 배게 했다. 언니와 나는 새벽에 일어나 밭에서 일을 한 후에 학교에 가야했다. 동이트기 전에 밭으로 가는 길은 너무나 힘이 들었다. 눈에 잠을 싣고 길을 걷다보면 돌부리에 걸려 넘어지기 일쑤였다. 엄마는 빨리 따라오라며 재촉했지만 발걸음은 천근만근 무거웠다. 새벽별은 오솔길을 환하게 밝히며 우리와 같이 걸어 주었다. 별은 우리와 동행일 때도 있었고 안내자가 될 때도 있었다. 가끔씩 언니와 나는 반짝이는 별을 보며 서로 '내 별'이라고 하여 턱없는 실랑이를 벌이곤 했다.

엄마는 밭에 가면 한 고랑씩 나누어 주면서 검질을 매라고 했다. 우리는 검질을 매지도 않고 골각지로 유채 잎사귀에 방울방울 달려 있는 이슬을 툭툭 치며 장난을 쳤다. 빨리 마무리를 해야 학교를 간다는 엄마의 호통소리에 동동 걸음을 치며 검질을 맸다. 그럴 때면 싸늘한 찬바람의 이슬은 눈물처럼 뺨을 타고 주르륵 흘렀다. 아침 노동勞動으로 옷은 이슬처럼 촉촉해지고 흙은 하얀 장갑에 달라붙어서 시꺼먼 흙덩어리처럼 단단해지고 마음까지 흙빛으로 채색됐다.

엄마는 고생했다는 칭찬보다 "학교 늦겠다. 빨리 챙기라"며 우렁찬 목소리로 재촉하면 그 메아리에 놀라서 우리는 번개처럼 빨리 움직였다.

시계는 그때 왜 그렇게 귀했을까? 고장 난 시계보다 더 정확한 엄마의 시계는 신기하게도 정확했다. 집에 가서 옷 갈아입고 밥 먹고 하면 늦을 꺼다며 마무리는 엄마가 한다고 했다. 힘들게 일은 했지만 집으로 돌아오는 길은 발걸음이 가볍고 상쾌했다. 쏜살같이 바람과 함께 달려가 아침을 허겁지겁 먹고는 학교로 향했다. 많은 시간을 밭에서 일을 한 것 같은데도 신기하게 지각은 한 번도 하지 않았다. 엄마는 해를 보며 대충 시간을 말해주곤 했다. 핸드폰이나 삐삐, 알람시계, 손목시계조차 없었던 시절이었는데, 날짜며 시간을 척척 알아맞히는 엄마는 신처럼 보였다. 우리 마음속까지 들여다보는 것 같은 엄마가 때로는 무섭기도 했다.

아침에 일어나기 힘들다던 남편도 언제부턴가 같이 일어나게 되었다. 6시부터 수영을 배우기도 하고 일요일이면 등산도 다닌다. 일어날 때마다 투덜거리던 것도 이제는 아득한 이야기가 되었다. 새벽에 운동하길 잘 했다고 친구들한테 자랑도 한다. 10년을 함께 수영을 하다 보니 사람들은 행복한 부부라고 부러워하기도 한다.

10년이면 강산도 변한다고 하더니 정말 남편은 많이 변했다. 여행을 가면 늦장을 부리던 것도 남의 이야기가 되었다. 신혼시절 서로 말이 통하지 않는다며 불만을 가졌던 마음도 이제는 눈 녹듯이 사라져 버렸고 우리는 많은 모습이 서로 닮아있다. 조급함에 기다리지 못하는 나의 다혈질적인 성격 때문에 얼마나 힘들었을까? 그 생각하면 미안하기도 하고 부끄럽기도 하다. 우리는 각자 다른 색깔을 가지고 있었고 다른 환경에서 생활했다는 걸 인정해 줬어야 했는데…. 내 뜻대로 또 다른 나를 만들려 한 것은 아닌가.

시간은 기다려 주지도 않고 되돌릴 수도 없다. 하지만 어떻게 쓰느냐에 따라 삶의 형태도 달라질 수 있으리라.

나는 인생을 작품이라고 생각한다. 부족한 부분은 노력으로 만들어서라도 훌륭한 작품을 만들고 싶다. 돌이키면 어린 시절은 고생을 했다기보다 새로운 꿈을 가질 수 있는 힘을 길러준 것 같다. 시간의 소중함을 알게 해준 엄마를 다시 한 번 생각하게 되었다.

엄마에게 아직 사랑한다고 말해 본 적은 없지만 이제 말하고 싶다.

"엄마, 엄마가 만들어 주신 시간 알뜰하게, 그리고 인생을 아름답게 만드는 시간으로 잘 쓸게요"

흉보면서 배운 엄마의 시간은 나에게 대물림이란 것을.

열정, 그것의 덫

이른 새벽 가로등 불빛이 나뭇가지 사이로 뿌옇게 펴져있다. 아파트 동과 동 사이 하늘 위에 달빛도 호젓함을 불러와 나뭇가지 사이에 덩그러니 앉아있다. 나도 저들처럼 여유로운 생활을 할 수 있는 날을 기다리며 하루를 시작한다. 또각또각 도마소리에 맞춰 시간을 조절한다. 구수한 된장찌개가 끓여서 가족들 아침을 챙기는 손이 바쁘다.

음식 준비를 마치면 바쁘게 운동을 나간다. 어둠을 깨우며 나서는 새벽 운동은 에너지를 만들어 주는 힘이 있는 것 같다. 그래서인지 하루도 쉬지 않고 아침운동을 했던 것 같다. 운동을 마치고 오면 남편과 아이들 등교 준비에 바쁘다. 모두가 빠져 나가면 잠시 여유로움보다 집안 정리하고 출근을 한다.

가게를 3곳이나 운영 하다 보니 매일 시간과의 싸움을 한다. 직원들과 회의를 하고 나면 다른 매장으로 향한다. 하루하루 일과는 과부화가 걸리지만 게으름은 사치였다. "오늘에 할 일을 내일로 미루지 말자"라는 신조로 살다보니 나도 모르게 일 벌레가 되어갔다.

두 아이는 중학교를 졸업하고 뉴질랜드로 유학을 보냈다. 넓은 세상에서 하고 싶은 공부를 마음껏 할 수 있도록 해 주고 싶었다. 내가 꿈꾸던 세상을 아이들에게 기회를 주고 싶었다. 공부는 시기를 놓치면 어렵고 힘들다는 걸 뼈저리게 배웠다. 아이들은 유학을 원하기보다 내가 그려낸 그림 속에 외국으로 갔는지도 모른다. 그러나 외롭고 힘든 유학 생활을 잘 견뎌내는 아이들을 보면서 안심이 되었다.

미용학과 강의를 하면서 대학원을 입학을 해야겠다고 마음먹었다. 보건관리학을 전공을 했기에 10년을 미루어왔던 기회가 생겼다. 교수님께서 인제대보건대학원에 학생을 모집하니 한번 도전해 보라고 했다. 남편의 허락으로 공부에 매진할 수 있었다. 대학원 졸업을 하고 나니 여러 곳에서 강의를 제의했다.

2호점 운영하는 미용실도 문전성시門前成市였다. 아침 여섯시면 1호, 2호점 전 직원들 이론과 실기를 교육을 시켰다. 직원들도 사명감을 가지고 잘 따라 주었다. 직원들과 함께 3호점을 오픈 계획을 세웠다. 아이들도 뉴질랜드에서 공부도 잘하고 외국생활에 적응도 잘 견뎌냈다.

그런 와중에 벼락 치듯 큰 일이 벌어졌다. 남편은 형님이 회사에 이름을 빌려달라는 부탁을 거절을 못했다고 했다. 회사에 모든 부채는 남편 이름으로 되어 있어서 떠맡게 되었다. 그 부채는 내가 운영하는 가게까지 덮쳐왔다. 산산조각이 난 우리 집은 파도에 휩쓸리듯 흔들렸다. 남편은 불행의 늪 속에서 허우적거리던 그때는 어떠한 방법을 찾을 수가 없었다. 시댁과 연결된 고리는 서로의 상처와 불신으로 남게 됐다.

우리는 열심히 앞만 보고 달렸다. 아이들 유학비를 보내야 했기에 밤낮없이 일을 했다. 돈의 노예가 되어가고 있었다. "돈은 바닷물과 같다. 많이 먹으면 먹을수록 더 목마르게 된다."(아르투어 쇼펜하우어) 글귀가 나를 자극했다. 2호점을 정리했다. 마음이 쓰리고 무너지는 아픔이었다. 열심히 하다보면 더 좋은 날이 올 수 있을 거라 믿었다.

그 후로 나는 공황장애와 대인기피증이 나타났다. 열정적이고 자신감이 넘쳤던 성격은 소심해졌다. 삶의 무게는 산처럼 높아만 갔다.

아이들과 추억의 있는 집을 정리하고 밀양 작은 마을로 이사를 했다. 쓰러져가는 시골집은 내 모습과 닮아 있었다. 남편은 말이 없었다. 미안해하는 마음을 잘 알기에 우리 둘이서 예쁜 집을 만들자고 했다. 마당에는 잔디를 심고 뜰에는 야생화를 심었다. 휴일이면 도자기를 만들고 그림을 그리고 글을 쓰기도 했다. 매일 출근 하는 길목에서 들녘의 바람은 시가 되었고 그림이 되었다.

나의 열정은 아직도 멈추지 않는다. 눈을 비비며 새벽을 달린다. 그리고 덫에 걸리지 않게 욕심을 버리는 것이다.

열정의 진화

　모처럼 여유롭게 일주일 휴가를 냈다. 계획에 없던 휴가를 얻어서 그런지 들뜬 마음을 주체할 수 없었다. 생각해보면 혼자서 휴가를 보낸 적이 없었던 것 같다. 그러다 보니 '무얼 할까?' 이런 저런 궁리로 한나절을 얼렁뚱땅 보내버리고 공황 증세까지 느끼며 잠을 이룰 수가 없었다. 남편과 아이들에게 미안한 마음도 들었지만 '얼마 만에 얻은 자유인지 당신은 모르지!'하며 혼잣말로 중얼거렸다. 나이가 들면 남편도 귀찮고 자식들도 귀찮다고 하더니 정말 그 말이 맞는지 휴가를 즐긴다고 생각하니 저절로 콧노래가 나왔다.

　싱글벙글 하는 나의 모습을 보면서 "그렇게 좋으냐!"며 섭섭한 마음을 드러내면서도 남편은 "모처럼 얻은 휴가인데 식구들 걱정 하지 말고 하고 싶은 것 하면서 푹 쉬라"는 말에는 마음을 들킨 듯해서 콧등이 시큰해졌다.

　고등학교 졸업할 무렵 어떤 직업을 선택해야 할까? 고민을 많이 했다. 여러 회사에 면접을 보았지만 자격조건 때문에 회사에서 문전 박대를 당하기 일쑤였다. 상업고등학교를 졸업한 학생들은 주산, 부기 등에 관련된 급수 증을 가지고 있어서 그다지 취업이 어렵지 않았다. 회사에서 '조건이 안 된다.'는 말을 들을 때마다 좌절과 실망은 있었지만 나를 포기하게 하지는 못했다. 부모님 도움 없이 어떻게 고등학교를 졸업했는데……. 좌절하고 포기하기에는 나에게는 사치에 불과했다.

동생들이 줄줄이 다섯 명이나 버티고 있다 보니 부모님께 도움을 청하기란 쉽지가 않았다. 생활비라도 도와 달라 부탁을 하면 고향으로 내려와 동생들이나 돌보고 농사일하라고 할까 봐 두려운 마음에 연락을 할 수 조차 없었다. 그러다보니 어떤 일자리가 주어진다 하면 잘 견뎌내어야 한다는 의지와 삶에 대한 애착과 열정도 남다르다 보니 넘어지면 넘어질수록 오뚝이처럼 나를 일으켜 세우는 에너지가 몸속에서 자랐던 것 같다.

어렵게 취업을 한 회사에서 열심히 일을 했다. 몸을 아끼지 않고 일을 하다 보니 직장에서도 인정을 받았고 월급도 생각보다 많았다. 첫 월급을 받았을 때 아버지한테는 한복, 엄마한테는 금반지를 선물해 드렸다. 차비를 아끼느라 걸어서 출퇴근을 했고 배고픔을 참아가며 악착같이 모은 돈이었지만 고생하는 부모님께는 꼭 해드리고 싶었다. 적금을 타면 대학을 들어가 공부도 하고 캠퍼스에서의 낭만도 즐기고 싶었다.

불행하게도 그 당시에는 돈이 나의 편을 들어 주지 않았다.

그 무렵, 엄마는 목이 아파서 말하기가 너무 힘들다고 하시더니 병원에서 검사해본 결과 목 안에 혹이 여러 개 있다는 것을 알게 되었다. 하루라도 서둘러 수술을 하지 않으면 안 되었다. 엄마는 미안한 기색도 없이 당당하게 네가 번 돈 먼저 쓰자고 하셨다. '내게 뭘 해준 게 있다'고 하며 앙탈을 부리고 싶었지만 몸이 아파 수술을 하신다는데 모른 체하기란 자식 된 도리가 아니라고 생각하며 눈물을 머금고 돈을 드렸다. 계획을 세웠던 것이 물거품처럼 사라지는 느낌에 축 늘어진 마음은 시리고 아팠다. 물론 부모님을 위해 하는 것은 자식으로서 당연한 일이었지만 그 만큼 돈에 대한 나의 집착은 남달랐던 것 같다. 엄마까지 뒷바라지해야 하는 현실을 잊기 위해 미친 듯이 앞만 보고 달렸다.

그러다가 문득, 당장 돈을 버는 것 보다 미래의 꿈을 펼칠 수 있는 일을 하고 싶어졌다. 잠자는 시간을 줄여가며 기술도 배우고 틈틈이 공부를 하며 직장도 다녔다. 공부에 대한 갈증은 시간이 갈수록 더욱 심해졌다. 그 결과 사업도 하게 되었고 어려운 논문을 통과하며 대학원까지 졸업 할 수 있었다.

끝이 보이지 않던 공부가 마무리 되고나니 학교에서 강의 제의가 들어오고 강의를 하면서도 일을 놓지 않았다. 욕심인지는 모르지만 사업을 하면서 학교 강의를 병행해도 잘해낼 수 있을 것 같았다. 하지만 두 마리 토끼를 잡기란 쉬운 일이 아니었다. 혼자만 열심히 한다고 되는 게 아니었다. 직원교육이며 관리 또한 어려움이 많았다. 어둠이 사라지기도 전에 하루의 일과를 계획하고 아이들 등교 시키고 집안일까지 완벽하게 해내기란 쉽지가 않았다. 하지만 그 힘든 과정들을 즐겼다. 생각해보면 지금까지 쉬지 않고 달려온 삶 속에서 모든 것에 인정받고 싶었는지 모른다.

하루도 쉬는 날 없이 시간의 노예가 되어 살아가면서도 새로운 도전 앞에는 에너지가 넘치는 이유는 왜일까? 남편은 에너지가 어디서 나오는지 부럽긴 하지만 하며 말을 잊지 못했다. 그 마음을 알기에 오랜만에 휴가를 즐기려고 한다.

열심히 살아가는 것을 긍정적으로 생각하면 에너지가 충전되고 부정적으로 생각하면 삶은 고달픈 것이 되리라는 것은 그 동안의 나의 지론이다. 물론 그 모든 것 또한 본인의 선택이기 때문에 시간의 노예라고 당당히 말할 수 있는 것은 노예만이 알 수 있는 당당함이다. 꿈을 크게 꾸고 희망을 포기하지 않으면 열정은 진화한다.

지금도 진화하고 있는 나의 열정으로 시작한 문학공부는 나에게 어떤 열매를 맺게 해줄 것인가.

궁금증을 풀어주기라도 하려는 듯이 떠오르는 나의 지난 이야기들은 서툰 글을 통해서 순서를 다투며 튀어 나온다.

오류

　길을 나섰다. 일상에서 벗어나 나온 문밖은 플라타너스 잎사귀가 물들어 가을 정취가 물씬하다. 늘 바쁘다는 마음을 가지고 살았던 탓인지 어제오늘 일도 아닌데 가을이 새롭다.

　나는 길치이다. 오늘은 지하철을 이용해서 정해진 시간에 목적지를 찾아 가야한다. 요즘 느슨해진 코로나로 거리두기가 풀리면서 사람이 모이는 곳은 북적거린다. 지하철역에는 벌써부터 인파가 밀려 있었다. 자가운전을 할 수밖에 없는 일상을 제쳐두고 이용하는 대중교통 약속시간을 지키는 데에는 안성맞춤이다.

　개찰구에 줄을 섰다. 카드 대는 곳 터치하며 개찰구를 빠져 나갔다. 나도 카드를 대고 들어가는데 삐~ 소리가 났다. 두리번거리며 다시 터치를 해도 삐~ 음성만 냈다. 세 번을 해도 마찬가지였다. 겁먹은 얼굴로 핸드폰에 들어있는 카드 역시 사용불가라고 했다. 대중교통 이용한다고 카드하나 달랑 들고 나온 것이 후회스러웠다. 줄지어 있는 사람들의 시선에 더 당황되었다. 그 순간 친절한 분께서 "왼쪽방향으로 가시면 안내원이 있다. 거기에서 문의하시라" 했다. 나는 고맙다는 인사를 하고 오른쪽방향으로 향했다. 그분은 그쪽이 아니라는 수신호를 보내왔다. 그분은 한참을 나의 행동을 주시하고 있었다. 갑자기 얼굴이 화끈거렸다. 카드를 훔친 사람처럼 진땀이 났다. 내가 방향감각이 없다는 걸 들킨 미소는 아주 씁쓸했다.

대중교통을 선택 했던 것에 후회를 했다. 처음으로 시도해보는 길에 두려움과 무지함을 느끼며 자동차를 두고 나온 것을 후회 했다. 운전을 시작한지 오래됐지만 왼쪽, 오른쪽 방향 감각이 아직도 서툴다. 모든 것에 좌우 판단이 안 된다. 운전, 운동, 좌우 방향을 지시 할 때는 반대로 움직일 때도 있다.

초등학교 다닐 때 많은 에피소드가 있다. 학교에서 국민체조를 시작할 때면 선생님께 항상 야단을 들었다. "너는 왜 왼쪽 오른쪽도 모르냐!"며 핀잔을 받기도 했다. 오른쪽 팔을 들으라면 왼쪽을 들고 오른쪽을 들으라면 왼쪽을 들었던 것이다. 친구들과 반대로 한 나는 민망한 적이 한두 번이 아니다. 우측, 좌측을 기억을 해두어도 다음날이 되면 지우개로 지운 것처럼 머리가 하해 졌다.

누구에게 말하는 것도 그랬다. 운동을 하면서 내가 다른 사람과 다르다는 걸 알았다. 뇌 회로가 문제가 있을 거란 생각했지만 이상 증상이 나타나지 않았다. 아픔을 호소하는 것이 아니기에 그냥 넘겼다. 방향지시만 문제가 있었다. 선생님께서는 다른 면은 똑순이 면서 방향감각이 그리 없냐며 놀리기도 했다. 무엇이든 열심히 하면 다 이루어지는데 방향 문제는 스스로 해결 할 수가 없었다. 부모님한테 내 뇌가 문제가 있다고 이야기를 꺼냈지만 대수롭지 않게 받아들여졌었다.

자동차를 운전을 할 때 좌, 우 신호등 방향 표시는 잘 따라간다. 그러나 음성으로는 인지가 안 된다. 다행히도 요즘은 자동차에 내비게이션이 설치되어 있다. 위성으로 길을 안내해주는 편리함을 더해준다. 단지 방향감각이 없는 나로서는 이길 저길을 옮겨 다니느라 시간이 더 늘어나는 불편함이 아직도 어렵다. 오른쪽 왼쪽은 안 되는 것은 어찌하랴 왼쪽으로 가라하면 오른쪽으로 가고 오른쪽으로 가라하면 왼쪽으로 가는 청개구리처럼 반대로 하는 행동이 어찌할 바를 모르겠다. 매번 목적지 찾아서 안내해주는 편리함에 약속 시간 1시간 전부터 길을 나섰다.

언제부턴가 웃고 넘길 일이 아니란 걸 느끼면서 뇌에 문제가 있을 수도 있겠다는 생각으로 고민을 했다. 검사를 받기위해 병원을 찾았다. 검사결과는 황당했다. 한쪽 뇌 회로가 오류 문제가 있었다. 병이라고 단정하기에도 애매하단다. 병명도 없고 수술이나 별 다른 방법은 없었다. 병은 아니니 아무걱정 하지 말고 그냥 지낼 수밖에 없고, 다른 사람과 좀 다르다고 인정할 수밖에 없다는 의사선생님 말씀이었다.

뇌의 오류라는 답을 알고 나니 속이 후련하다. 왼쪽, 오른쪽, 좌우 답답한 일 앞으로도 많겠지만 스트레스 받지 말고 웃음으로 넘겨야겠다. 오늘도 운전을 하며 정신을 바짝 차린다. 오류로 인해 한 바퀴 빙빙 돌아오는 길목에서 혼자 호탕하게 웃어본다. 그동안 대중교통을 이용할 수 없었던 건 사실이다. 앞으로 대중교통을 이용할 수 있도록 노력해 봐야겠다.

오늘도 나의 뇌에 입력시킨다. 오른쪽, 왼쪽 따지지 말자고.

웃음꽃 다이어트

새해가 될 때마다 계획을 세운다. 올 해도 다름없다. 다람쥐 쳇바퀴 돌 듯 살아가는 시간을 바꿔보기로 했다. 그러나 코로나로 인해 헬스장, 수영장도 문을 닫아서, 매일 가던 운동도 멈췄다. 더구나 마스크를 쓰고 나가는 것조차 조심스러운 현실이다.

하루의 시작을 알리는 알람소리는 어김없이 울려댔다. 걷기 운동을 하기로 계획을 세웠던 마음은 그것을 따라주지 못하고 게으름에 잡혔다. 어둠을 깨우는 발걸음은 천근만근이다.

몸무게가 늘어났다. 앞선 건강검진결과는 저밀도콜레스테롤(LDL) 수치가 높았다. 고지혈증은 있으나 약 먹을 단계는 아니었는데 이번 검사 결과는 신경이 쓰였다. 중성지방 물질이 동맥혈관 벽에 쌓여서 염증을 일으키다보면, 심혈관 질환을 일으킬 수 있는 주범이라는 것은 익히 알고 있었다. 잠시 방치를 해둔 몸의 변화로 인해 체지방이 불어나면서 힘들기 시작했다. 이번 기회에 마음을 다잡고 다이어트를 하기로 계획을 세웠다. 건강을 위해서 꾸준한 운동을 하고 몸속에 불필요한 독소들을 제거하기 위해 식단을 바꾸고 그에 따른 운동을 하는 것이 목적이다.

사회적으로 나이를 막론하고 다이어트에 관심이 많다. 나 또한 다르지 않다. 매년 계획을 세우고 시도했지만 성공률은 나락으로 떨어지는 것이 다반사였다. 광고를 보고 다이어트 약을 먹어 보기도 했으나 효과를 못보고 현혹되는 광고에만 시선이 쏠렸다. 시중에는 다이어트 종류만 해도 2만 6000가지 방법들이 쏟아져 나오고 있다. 방송이나 인터넷광고 등 살 빠진다는 약품까지 광고과열로 다이어트에 대한 판단력을 흐르게 한다.

그럼에도 불구하고 다이어트 실패율은 85%가 넘는다는 결과론이 있다고 한다. 하지만 약 한 알만 먹어도 살 빠지며 효과를 본다는 광고에 대한 비판의 여론도 많다. 바쁜 현대인을 위해 다이어트 도시락도 여러 종류가 시판을 하면서 선택하기조차 어렵다. 우리집 냉장고도 다이어트 음식들이 칸칸이 쌓여있다. 보기만 해도 식감이 싹 사라져, 먹기는커녕 버리기 일쑤다.

다이어트도 중요하다. 그렇지만 영양분의 섭취가 부족하면 건강을 해치는 요인이 발생하여 위험이 따라온다. 나이가 들수록 건강과 운동은 필수조건이다. 미각의 즐거움은 인간이 누리는 여러 행복 중 최우선으로 꼽는다고 한다. 어디에든 맛있는 음식들이 지천에 깔려있어 과하게 먹기도 하고 밤늦게 먹기도 하여 위염증상을 호소하는 사람들도 늘어났다.

나의 체중도 쌓이는 내장지방으로 변화가 생겼다. 운동과 식의요법을 병행해도 호르몬 변화로 나타나는 증상은 섣불리 사라지지 않았다. 체중의 밸런스가 깨지면서 균형을 잃기도 했다. 그 원인은 독소가 쌓인 노폐물이라고 들었지만 제거는 어려웠다. 동년배의 사람들은 너나 나나 조금만 먹어도 살이 오르고, 나잇살이라며 어쩔 수 없다고 포기했다.

그렇지만 나는 건강은 건강할 때 지키라는 말에 따라 노력하면 좋은 결과를 볼 수 있을 꺼라 믿었다. 몸은 몸대로 다이어트를 실천하면서 집에 들어앉아 있는 물건부터 솎아내기 시작했다.

빽빽하게 걸린 옷들로 시선이 향한다. 방안 행거까지 침범한 옷들의 지친 기색 몇 년 동안 그 자리에 걸려 천덕꾸러기 신세가 되어있다. 큰맘 먹고 장만한 비싼 코트는 이미 유행이 지났음에도 버렸다.

또 신발장은 어떤가. 추억이 깃든 신발 역시 자리를 차지하고 새 것과 헌 것이 서로 자리다툼하듯 뚝심을 보인다. 처분하기가 쉽지 않다. 매일 출근을 하면서도 자주 입던 옷만 입는다. 맞지 않는 옷들은 다이어트에 성공하면 입을 수 있다는 신념으로 버리지를 못하고 옷장만 살찌우고 있는 것이다.

냉장고 또한 어떤가.

먹다 남은 음식이 아까워 버리지 못하고 담아두고 있다. 냉동실에도 유통기한이 지난 것들이 태산이다. 지인들에게 나눠주고 싶지만 요즘은 나눠먹는 것도 실례라고 하여 이래저래 미루다 방치된 상태다.

옛날에는 맛있는 게 있으면 서로 나눠주는 정이 있었는데 요즘은 주는 것도 받는 것도 좋아하지 않는 현실이 됐다. 이 서글픔은 어쩌면 이웃들도 동병상련일지 모른다.

가족들과 합심하여 꽉 찬 냉장고 속을 비웠다. 내 몸이 가볍고 날씬해진 기분이다. 옷장의 옷들과 벽을 기대고 섰던 책들도 필요한 사람들에게 나눠 주었다. 나머지는 수거함을 이용했다. 아이들의 손때 묻은 것들도 낱낱이 정리해서 나눠주고 사진첩에 들어있는 사진은 찍어 USB에 저장해 둔다. 불필요한 물건들이 빠져나간 공간은 큰방만 했다.

건강한 다이어트를 위해 비우기 연습을 강행했다.

웃음꽃이 핀다.

내가 숨 쉬는 공간에서 만나는 건강한 삶, 그것의 준비가 웃음꽃일 줄이야.

우리들의 풍경

물 흐르듯 지나간 세월 앞에 먹먹해지는 느낌은 무엇일까?

제주도를 떠나온 지 50년, 부산에서 정착하면서 고향을 잊고 지냈다. 낯선 곳에서 첫발을 내딛는 순간 이방인처럼 어려움과 스트레스를 받았다. 그러나 두려움과 낯설움을 헤쳐 나갈 수 있었던 건 비릿한 바다냄새가 있었기 때문이다. 가슴속에는 잊고 싶었던 고향이었지만, 진실 그 속에는 그리운 고향이었다. 나는 영도앞바다가 보이는 이모 집에 살았기에 그리움을 숨길 수 있었던 것이 가능했다. 아침이면 바람타고 코끝을 자극하는 소금기는 내 마음 속에 희망을 꽃피게 했다. 그렇지만 나의 의지와 다르게 육지생활은 녹녹치가 않았다. 치열하게 부딪치며 떠내려가는 파도처럼 흔들리는 여정길이 혼란스러웠다.

매년 고향에서 개최되는 초등학교 동창회는 참석이 어려웠다. 어쩌면 바쁘다는 건 핑계였을지 모른다. 까맣게 잊고 지낸 고향을 간다는 그 차체가 두려웠다. 지천명이 되면서 고향에 발걸음을 했다. 여행길처럼 떠났던 동창회였다.

동창회에서 2박3일 환갑여행을 하게 됐다. 출발은 전국에 흩어져 있는 동창들이 서울 김포공항 모이기로 했다. 춘천, 속초, 강릉, 삼척, 영월, 제천 등을 여행하고 청주공항에서 헤어지는 일정이었다.

고향을 까맣게 잊고 지냈던 세월만큼 동창들 얼굴에도 세월이 그림자가 보이지 않을까 궁금하기도 하여 친구들 명단을 보며 가물거리는 기억을 떠올렸다. 남녀 공학이라 그런지 거리낌 없는 편한 친구들 빨리 보고 싶었다. 예전처럼 그대로 있길 바라며 만남의 장소로 갔다. 모두들 반가운 인사를 하며 세월을 무너뜨렸다. 모습은 달라져 있었지만 마음은 초등학생들이었다. 잠시 서로를 알아보지 못한 어색함은 있었지만 금세 추억 속으로 빠져 들었다. 투박한 고향 사투리로 한바탕 소동을 벌여 공항이 떠나갈 듯 시끌벅적했다. 30명 우리는 관광버스로 향했다. 누구 아이디어였을까? 관광버스에 걸려있는 현수막을 보며 깔깔 웃어댔다.

"인생은 60부터 유쾌하게, 상쾌하게, 통쾌하게, 우리의 우정 추억 만들기 힐링 여행"

흔들리는 현수막 글귀에서 느껴지는 진한 향수와 그리움이 코끝이 알싸하게 스쳐지나갔다. 서로 누구랄 것도 없이 날마다 만나는 친구처럼 재잘 재잘 이야기꽃을 피웠다. 그렇지만 살아온 세월만큼 깊게 패인 얼굴에는 지나간 시간들이 보였다. 시간 가는 줄 모르는 우리의 타임머신은 신났다.

코흘리개였던 우리들 대부분 산과 바다를 찾아다니며 삼마, 달래를 캐고 돌멩이를 뒤집어 가며 주냉이(지네)를 잡았다. 남자 애들은 잡은 지네로 장난을 치면 여자 애들은 걸음아 나살려라 도망치다 넘어지곤 했다. 꿈틀거리는 그놈들을 병속에 담고 내려와 팔았다. 그 돈으로 과자 라면땅도 사먹고 친구들과 만화책도 빌려다 봤다.

살아가는 것이 넉넉치 않던 시절 먹을 것이 귀해 자급자족을 할 정도로 아이들은 성숙했다. 학교에서도 구구단 9단까지 외우는 학생들은 식빵을 나눠주었고 못한 학생은 침만 꼴깍거려야 했다. 그러나 소풍날에는 달랐다. 공부 잘 하는 것 보다 보물을 잘 찾는 학생들이 부러운 대상이었다. 돌 틈 사이에서 덤불속에서 찾아낸 네 모종이 한 장이 가슴 설레게 했다. 몇 개를 찾고 나면 못 찾은 친구들 나눠 주고 빨간 도장하나에 공책 한 권 받아들고 집으로 올 때는 개선장군이 따로 없었다. 친구들은 지나간 이야기들을 다투어 쏟아냈다. 고무줄 잘라 도망친 이야기 누구를 좋아 했다던 로맨스까지 부끄러울 것도 없어진 웃음소리가 하늘을 치솟았다.

옛 추억에 취해 있는 동안 가평을 지나 삼악산 호수케이블카에 도착했다. 눈앞에 펼쳐지는 그림 같은 풍경이었다. 핸드폰을 찰각대는 셔터 소리 속으로 풍경은 들어갔고 시간은 서녘을 기우렸다.

오랜 세월을 다르게 살아왔던 친구들은 직업도 달랐다. 고향을 지키며 농사 짓는 친구, 회사운영, 수산업, 부동산, 자영업자, 은행, 학교 등을 퇴직한 친구들도 많았다. 고향에서도 육지에서도 치열함 삶을 살아왔던 건 내 혼자만이 아니었다. 모두 삶의 현장에서 열심히 살아온 우리에게 멋진 박수를 보냈다.

2박3일 여행길에서 우리의 지난 세월이 달려가고 있었다. 제주도를 배경으로 하여 드라마로 방영해서 전국적으로 인기를 끌었던 '우리들의 블루스'는 우리의 이야기였다. 우리들의 블루스 OST 노래 가사처럼,

"나이를 먹는 다는 것 나쁜 것만은 아니야/ 세월의 멋은 흉내 낼 수 없잖아/ 멋있게 늙는 건 더욱더 어려워/ 아름다운 것도 즐겁다는 것도 모두다 욕심일 뿐/ 다만 혼자서 살아가는 게 두려워서 하는 얘기,"라는 가사처럼 우리들의 삶도 안착되어 가는 삶의 여행이었다.

우리는 추억 속에서 그리워만 하던 친구들을 다시 만났다. 제주도의 푸른 바다의 비릿내를 자랑삼는 친구들과 어깨동무했다.

유년의 깃발이 지미봉 기슭아래 풍성하게 휘날리기를 바란다.

씨 – 유 – 어게인

특별한 입석

현애자

3부

매
듭
을
풀
다

흙을 반죽하다

겨울은 수분고갈이 심하다. 겨울에 비가 귀한 까닭이기도 하다. 이때는 아예 흙에서 손을 놓고 있어 도자기작업실은 썰렁하기까지 하다. 흙이 빨리 마르면 주무르는 손 또한 건조해져서 흙이 먼저 깨어지고 손은 거칠어지면서 무언가를 만들어내지 못하는 우울을 전한다.

흙은 쓰임새가 다양하며 여러 가지 모습으로 변화된다. 만지는 시간이 길어지면 힘듦을 스스로 호소한다. 찬바람의 기척이 창문을 잠시 흔들고 지나간다. 도자기작업실을 찾았다. 아꼈던 흙은 바싹 말라 마르고 뒤틀어져있고 그나마 만들어 놓았던 항아리와 벽화 판은 실핏줄 같은 돌기를 드러내며 깨지고 있다. 지친 얼굴이 역력하다. 빨리 봄이 와야겠는데….

토우의 기다림은 더했다. 토우의 얼굴을 쓰다듬어 주기라도 해야지 발걸음을 돌릴 수 있을 것 같아서 다가갔다. 가까이 가서 자세히 보았다. 시골 아낙이 분바른 것처럼 소박하게 단장하고 기다리면서 얼마나 애간장을 태웠던지 얼룩진 얼굴은 병색을 드러내고 있다. 안타까운 마음으로 일일이 쓰다듬어 주었지만 상처란 쉽게 아무는 것이 아니다. 제각각 찌푸린 표정으로 나를 응시 그 앞에서 고개를 들 수가 없다.

금이 간 기물들은 다시 차가운 물속으로 차곡차곡 넣었다. 마음이 아팠다. 그러나 다시 태어나기 위한 호구지책임을 어찌하랴.

봄에 다시 흙을 만들고 예쁜 도자기로 탄생시켜 줄 것을 약속한다. 구사일생으로 살아난 기물들은 눈길을 놓치지 않고 따라다녔다. 아마도 자리를 점찍기라도 하는 것처럼. 나는 기물을 키 재기라도 하듯 하나 둘 가마 속으로 놓았다. 세상사를 잊고 싶어서 하는 일임에도 불구하고 나의 잣대는 세상사를 잊지 못하고 순서를 정하는 것에 자못 놀란다.

흙에 혼을 불어넣어 주다보니 상처는 수증기처럼 증발하고 새로운 세상을 만들어 주었다. 사랑을 갈구하던 마음은 사랑을 주는 것으로 표정을 달리했고 투정을 부리던 것은 미소로 바꾸어갔다. 흙의 순수함 앞에 나의 손끝은 마음이 되어 흙속으로 빠졌다. 흙을 빚을 때는 혼을 담아 만들어야 된다던 선배의 말처럼 마음으로 빚다 보면 기물이 형태도 불이 빛깔도 어우러진 표현이 되는 것 같다. 흙은 휘어지고 구겨지고 마음대로 만들 수 있는 조건을 가지고 있지만 함부로 휘두르면 갈라져버리고 휘어져 버린다. 쉽게 접하면 쉽게 날리게 된다는 흙의 성질에서 나의 성질도 닮아가려는 것을 가끔씩 발견한다. 미망의 흙이 한 덩어리가 생명으로 태어나듯 손바닥에서 수백 번 수천 번을 빚어가며 만지작거려야 작품이 탄생한다.

내가 도자기를 하게 된 동기는 관심이었다. 자투리 시간이라도 그대로 흘러가면 아까워서 어쩌면 그 시간을 붙잡기 위한 방책이었는지 모른다. 하지만 틈만 생기면 도자기 공방을 기웃거리고 도자기 전시회를 여는 곳은 어디든지 찾아다녔다. 그러다가 취미로 해야겠다는 가벼운 마음으로 시작했다.

그런데 도자기를 만들면서 마음이 달라졌다. 흙을 빚고 있으면 마음이 안정이 되고 차분해지면서 뭔가 모를 행복감이 나를 들뜨게 하기도 했다. 휴일이면 아침저녁을 거르면서도 배고픔도 잊고 흙에 미쳐 지냈다. 그때부터 흙은 나를 가만히 놓아두지 않고 외면하지도 못하게 했다. 아니다 내가 흙을 가만히 놔두지 않고 외면하지 못하도록 했는지 모른다.

황톳방 구들 목에 앉아 그토록 시골생활을 싫어했던 내가 그날을 그리워하며 추억들을 하나 둘 꺼낸다. 문풍지소리를 들으며 귀신소리를 상상하고 아랫목에서 발을 빼지 못했던 때가 많았다. 그때는 화로에서 막 꺼낸 군고구마도 있었다. 동생들은 먹다가 졸려서 고구마를 입에 문 채 고개를 주억거렸다.

부모님의 삶도 그랬을 것이다. 우리의 삶도 그럴 것이다. 세상을 쉽게 살다보면 어떤 어려움이 찾아와도 이겨내지 못하고 자신을 자학하게 된다. 그 자학이 힘들고 외롭게 하여 피폐해지기 십상이다. 우울한 날 우울하고 싶지 않은 것은 삶에 대한 애정이다. 지나친 애정이 조바심을 야기하기도 하겠지만, 주무르는 대로 모양을 내주는 흙처럼 진실한 마음 그대로 살아보고 싶다.

마음속의 상처는 켜켜이 쌓아 놓지 말고 허물어버리자. 비워지는 것을 잊을까 봐 오늘도 흙 앞에 앉았다. 편안한 멈춤을 즐기고 싶은 오늘, 나는 흙을 따라간다. 사계절도 올 때와 갈 때 환절기를 겪으며 힘들어 하지 않던가.

씨앗 심기

나의 일상에서 하느님을 잊고 살아간다는 건 있을 수 없는 일이다. 주님의 그림자를 따라 일치하는 자세로 살아간다는 것 또한 쉬운 일이 아니었다.

나의 신앙은 오랫동안 깊은 늪에서 허우적거렸다. 돌부리에서 피어나지 못한 영적인 씨앗을 찾기 위해 매일 성당을 찾아 기도했다. 아픈 상처를 꿰매고 돌보는 일은 주님께서 하신다는 것을 그때 어렴풋이 알았다. 그 후 영적인 힘은 나를 참 신앙인으로 바꿔 놓았고 봉사 할 수 있는 기회를 주었다.

주보지를 통해 메리놀병원 원목실 상담봉사자 모집을 알게 되었다. 오랫동안 청소년 상담을 했던 나는 이번 기회에 병원봉사를 하고 싶었다. 먼저 원목 수녀님한테 면접을 보고 서류를 접수했다. 봉사자는 매주 병원프로그램에 따라 교육을 받아야 자원봉사를 할 수 있었는데 직장생활과 대학 강의로 바빴지만 병원봉사는 꼭 하고 싶었다.

봉사자들은 교육을 받으면서 환자들에게 다가가는 마음과 상담내용을 알아갔다. 우리는 집단 상담을 통해 많은 것을 배우며 서로의 피드백을 주고받았다. 타인에 대한 이해와 나 자신에 대한 반응을 솔직하게 이야기 해주는 과정을 통해 변화되었다. 햇병아리 우리는 서로를 응원하며 선배 봉사자의 경험담과 따뜻한 조언으로병실을 방문하여 배워나갔다. 병실을 찾아 환우들에게 이야기를 들어주고 기도도 해 주며, 원목실에서 수녀님과 환우들과의 상담내용을 토론하기도 했다. 상담자들이 병실에 들어서면 환우들은 눈을 마주쳐 주지 않아 분위기가 썰렁 했지만, 그와 다르게 미소 짓는 환우들을 만나면 마음이 더욱 추슬러져 그날의 봉사는 날아갈 것 같았다. 날씨가 흐리고 비가 추적거리는 날은 병실에도 기운이 없고 흐렸다. 어쩌다가 환자들의 냉대를 받을 때면 마음이 춥기도 하여 발걸음조차 무거웠다. 어느 날은 환자들과 많은 시간을 함께 하며 켜켜이 쌓였던 이야기들을 하나둘씩 풀어 놓기도 했다.

"오늘은 안 오시는가? 기다렸다."라고 하며 음료를 손에 쥐어 주는 그 다정함에 마음이 뜨거웠다. 암 환자는 일반 환자와 다르다. 두려움과 불안 속에 초조한 시간을 보내고 있는 것이 역력하여 마음이 아렸다. 나 역시 암 환자였었기에 충분히 그들의 마음을 이해할 수 있었으나 봉사자로써 그들의 두려움을 이겨내는 방법은 기도를 해 주는 역할뿐, 어찌 할 수 없었다.

삶이라는 수레바퀴가 멈추는 순간을 생각하면 누구나 두려운 마음이 있을 수 있다. 바람의 무게만큼 익어가는 기도의 삶을 통해 하느님의 주신 사랑의 씨앗을 심어 기쁠 때나 슬플 때나 주님께 감사를 청해본다.

서서히 영적 돌봄을 통하여 그들의 아픔을 나누고 기도를 통해 또 하나의 나를 빚어져 가고 있는지도 모른다. 비록 나락으로 빠져 허우적거릴 때도 있었지만 봉사자로서 주님 안에 부끄럽지 않는 신앙인으로 거듭나길 기도를 하며 봉사를 했던 것 같다.

모든 것은 주님의 손안에 있다. 당신께서 이끄시는 대로 나의 봉사가 그들에게 희망과 사랑으로 전해지길 바라며 아름다운 세상에 뿌리내릴 수 있도록 기도해본다.

말씀 한 모금에
흐린 날
맑은 날
온 몸에 젖네.

날마다 내안에서
해처럼 달처럼
이슬처럼 깨우니
손바닥 보다 작았던
믿음 줄기 한 올 한 올
잎새를 키우네.

님으로의 길
오롯이
열리는 아침
말씀 한 모금
내 모두 젖네.

-「기도」전문

매듭을 풀다

삶이 어렵고 버거울 때 매 순간 하느님 안에서 살았다. 기도를 통해 받은 위안은 뜨거운 힘이 되어 병원에서 아픈 환자들이 이야기를 들어주고 기도 봉사하며 상담도 했다. 내 나름의 나눔을 실천하는 자원봉사였다.

하지만 코로나19로 인해 미사를 거르는 일이 많아졌다. 거기서 그치지 않고 시간적 여유를 은근히 즐겼다. 주일마다 미사를 빠지지 말아야 할 텐데 하면서도 선뜻 길을 나서지 않았다. 코로나19는 나의 게으름을 치장하고 대변했다. 이러한 시간들이 거듭될수록 미사를 가지 않는 것이 당연시 되어 주일이라는 개념도 없이 주일을 보냈다. 그러던 중 설마가 현실이 되었다. 격리였다.

나는 바이러스의 침범을 받지 않을 거라는 만용 그것은 참으로 어리석었다. 발열과 기침 두통이 겹치는 심한 오한에 불안까지 덮쳤다.

나도 모르게 십자가 앞에 무릎을 꿇었다.

코로나를 핑계 삼았던 나의 행위는 냉담 그 자체였다.

마음에는 항상 성당에 가야 한다는 압박감이 있었으나 그것을 보기 좋게 뭉갠 코로나는 나를 실제로 압박하는 무기가 되어 일주일 격리라는 통보를 받게 했다.

"제 탓이오. 제 탓이오. 저의 큰 탓이옵니다."

묵직한 돌덩이라도 올려놓은 듯 답답하고 복잡한 마음을 나날이 계속 되었다. 가족들은 일주일 동안 아무것도 하지 말라고 했으나 내 마음에는 통증이 심했다 집안일 등 모든 것을 다 알아서 할 테니 꼼짝 말고 쉬라고 했으나 그 어느 때보다 마음의 진통이 깊었다.

그동안 주일미사를 안간 핑계들이 줄줄이 떠올라 나를 부끄럽게 하였으니 십자가 앞에서도 눈을 뜰 수가 없었다. 잊으려고 몸을 고단하게 해야 했다. 책을 정리했다. 곳곳에 성경쓰기를 했던 흔적들이 들어났다. 그리고 성무일도, 9일기도, 봉헌을 위한 33일간의 기도 등 수두룩한 책들이 눈길을 끌었다. 외면할 수 없는 진실에 다시 무릎을 꿇었다. 하느님께 돌아가고 싶은 간절함에 휩싸였다. 코로나를 통해 나를 발견했다.

십자가 앞에서 멍하게 앉았거나 때론 눈물을 흘리거나 기도를 하며 지냈다. 해제 통보를 받던 날, 자정은 길었다.

날이 밝으면 제일먼저 성당으로 가리라.

이 모든 것을 극복하게 해 주신 주님께 찬미 영광 드립니다.

야생화

　어느 날부터인가 야생화에 빠져 지냈다. 등산을 가도 정상을 오르는 것이 아니라 꽃을 찾아다니고 그 향기를 따라가다 보면 일행들과는 전혀 다른 길에 서 있기도 했다.

　들꽃을 어루만지며 '예쁘다' 감탄을 하면 돌 틈 사이에 낀 이끼들도 시샘이나 하듯 촉촉한 눈빛으로 지나가는 나의 발걸음을 멈추게 하기도 한다. 그늘진 곳에 여리게 자란 꽃들을 보면 마음이 아프기도 하고 사람들이 밟고 지나가버린 흔적을 보면 일으켜 세워서 흙을 덮어주고 올 때면 뿌듯해서 발걸음도 가벼웠다.

　들꽃과 만나는 시간이 잦다 보니 직접 야생화를 키워보자는 생각이 들었다. 작은 시골집 마당에 정원을 만들고 야생화를 심었다. 나의 정성도 정성이지만 꽃들도 잘 살아주어서 꽃이 피고 지며 사계절을 알려주었다. 또 쉬는 날이면 야생화 농원에 가서 한나절을 보내며 주인의 조언을 듣고 오는 날도 많아졌다. 분갈이도 해주고 아침이면 음악을 틀어주기도 하고 떡잎을 하나하나 닦아주며 많은 이야기를 주고받았다. 새 잎이 나면 혼자보기 너무 아까워서 사진도 찍고 온갖 호들갑을 떨었다. 야생화는 그들의 뜰 인 것처럼 온 마당을 점령했지만 우리 가족에겐 그저 사랑스러운 꽃이었다. 내가 힘들 때 만난 꽃이라서 더 정성을 들였는지 모른다.

남편 사업이 IMF로 인해 우리에게 많은 변화를 주었다. 20년 동안 정들었던 동네를 떠나 이사를 가게 되었다. 새로 이사 온 동네에는 지인은 없었지만 산과 바다가 어우러져 있어 새벽운동을 가기에는 안성맞춤이었다.

　바닷가에서 자란 나로서는 그리워하던 고향으로 돌아온 느낌이었다. 비릿한 바다냄새가 후각을 자극하고 에메랄드처럼 넓게 펼쳐진 금빛 햇살은 우리를 사로잡았다. 바닷길을 걸으면 바다와 바위가 어우러진 풍경, 섬과 섬을 연결한 듯한 광안대교, 배가 볼록 나온 예쁜 동백섬, 하늘에 닿을 것 같은 고층빌딩들을 보면서 감탄했다.

　바다는 설렘과 기쁨으로 가슴 벅차게 만들었지만 남편의 모습은 슬픔으로 찬 묵묵하게 말이 없었다. 남편의 눈치를 보며, "너무 아름답다. 그죠?" 하며 애교를 떨면 입가에 번지는 미소는 슬픔 그 자체였다. '얼마나 힘들면 아름다운 곳에서도 자기만의 고민에 빠질까' 말이 없던 그가 등산로를 내려오다 잡초 속에 핀 꽃을 가리키며,

　"당신 좋아하는 야생화네"

　주위를 살피며 슬그머니 캐 주었다. 나는 사람들이 볼까 두려워 두 손으로 움켜쥐고 재빨리 집으로 와서 예쁜 화분에 심고 물을 주어 그늘진 곳에 두었다. 날마다 눈여겨보았지만 소용없었다. 통풍이 잘되고 햇빛이 잘 드는 쪽도 마찬 가지였다. 설상가상으로 며칠이 지나자 시들하게 죽어갔다. 산에서 자란 야생화는 온실 속에서는 자라지 못한다는 것을 경험으로 체험했다.

　남편은 말이 더 없어지면서 새벽운동 가는 것을 꺼려했다. 처음에 혼자 운동가는 것이 두려웠지만 하루 이틀을 혼자 나서니 산과 바다가 동행이 되어주었다. 계단을 오르락내리락 할 때는 힘이 들어 '남편과 함께 왔으면 좋았을 걸' 하다가도 편안하다고 하는 것을 그대로 받아들이는 게 더 좋을 것 같다고 스스로 위로하기도 했다.

복잡한 생각보다 단순한 생각으로 살아야겠다고 나를 다독이는 것도 새벽 산책길에서 만난 야생화를 보면서 하는 나의 넋두리였다. 그러다가도 예쁜 야생화를 보면 남편과 같이 산책하던 시간을 떠올렸다.

바닷가를 거닐다가 애교를 부리면 혹시 웃기라도 할 것 같아서 나이에 맞지 않게 예쁜 돌을 주워 "당신 닮았다"고 말해서 관심을 끌어보기도 했다. 또 어느 날은 엄마가 아기를 꼭 안은 것 같은 돌을 발견했다. 너무 신기해서 남편에게 내가 당신 안은 모습 같지!" 하며 또 수다를 떨었다. 그랬더니 반응이 생각보다 빨리 왔다."응, 정말 그러네!" 사랑이라는 것은 정말 신기하다고 말하기 전에 남편은 산책을 그만 둔 것이다. 그런 지 몇 달이 지난 어느 날, 새벽에 나서는 등 뒤에서 "나 오늘 같이 갈까?"

등산로를 따라 언덕에 오르자 꽃들이 만발하게 피어 있었다. 꽃을 따라 맴돌던 벌떼들은 꽃향기에 취해 윙윙 소리를 내며 날아들었다. 우리는 그 모습을 지켜보면서 서로의 손을 꼭 잡아 주었다. 그리고 나는 마음속으로 다짐했다. '남편에게 큰 힘이 되어주고 꼭 웃게 만들어 주리라!' 힘든 고비를 지혜롭게 이겨내면 언젠가는 예쁜 꽃을 피우고 향기를 나눌 수 있는 날이 올 거라는 확신을 가졌다.

사람들은 저마다 아픔을 지닌 채 살아간다. 처음에 이 길을 왔을 때 벼랑 끝에 핀 야생화를 보며 "당신 닮았다"고 하던 남편에게 고맙다고 말하기보다 핀잔주듯이 내가 더 힘들다고 투정부렸던 게 생각난다. 삶에 대한 희망보다 힘든 것에만 눈에 가려져 멀리 있는 것을 보지 못했던 일들이 이기대 해안도로를 걸으면서 챙겨 보게 되었다. 아름다운 길을 보지 못하고 슬픔의 길만 보았다면 지금처럼 시골의 나지막한 돌담 집에서 야생화를 키우며 행복하게 사는 시간을 만날 수 있었을까?

돌이켜 보면 IMF로 인해 하루하루가 힘들었고 외로운 생활이었지만 부부가 서로를 더 잘 알아가는 시간이기도 했다. 사랑으로 보듬어주고 끝까지 기다려준 시간들이 헛되지 않았다는 걸 요즘 새삼 느낀다.

"자세히 봐야 예쁘다." 들꽃은 햇빛을 따라 다니지 않는다. 벼랑 끝에서도 다소곳이 살아가는 야생화를 보면 부족하다고 불평했던 지난 시간들이 부끄럽다. 야생화처럼 주어진 환경에서 꼿꼿이 최선을 다해서 살아가는 것도 또 다른 행복이었는데….

동틀 무렵 야생화도 화사하게 미소 짓는 시골집 둘레 길에서 남편과 손을 잡고 그때처럼 걷고 싶다.

온실

날씨가 추워지면서 정원에 있는 꽃 화분들을 온실로 넣어야 하는데 걱정이 태산이다. 작년에는 임시방편으로 비닐하우스를 만들어 겨울을 지내다가 예상보다 기온이 많이 내려가서 뜻하지 않게 꽃들이 많이 얼어 죽었다. 생명이 없어지는 것을 보는 것은 슬픈 일이다. 올 겨울은 제대로 된 온실을 만들자며 남편과 의기투합했는데 시간이 나질 않아 차일피일 하다가 겨울문턱에 와 버렸다.

새벽잠을 깨우는 기계소리에 마당으로 나왔다. 여기저기 쌓인 나무는 무엇인지 남편이 손질해 놓은 나무가 제법 높이를 하고 있는 게 아닌가. 또 한 쪽에는 어디서 들쑥날쑥한 나무판자들이 사방팔방 널브려져 있고 톱이며 연장들은 줄줄이 나와 있다. 혹시 황토방 땔감으로 주워온 나무인가보다 생각하고

"이걸 잔잔하게 다 자르려면 힘들겠다."라고 하며 너스레를 떨었다, 그러다가 아무 기척이 없어서,

"온실 만들려고 여기저기 버려진 나무를 고생해서 주워 왔냐"고 다시 분위기를 환기시키려 하는데도 시선을 주지 않고 대패질만 해댔다.

"이걸로 온실을 만들 수 있을까요?" 하며 말을 다시 걸자 그때서야 허리를 펴며 "조금 사서 보태면 될 것 같다. 당신이 애지중지 하

는 꽃이니까 더 춥기 전에 만들어야 한다."며 웃고는 분주하게 새벽을 움직였다.

우리는 황금 같은 일요일을 월동준비에 반납하고 일을 시작했다.

우리 집은 꽃과 빈 화분 옹기항아리, 돌, 절구통들이 많은 편이다. 꽃을 좋아하다보니 버려진 꽃들과 화분, 때가 묻은 항아리들을 주워와 예쁘게 재생시켰다. 꽃은 뿌리를 잘라 심어놓으면 봄에는 새싹을 피운다. 그중에서도 약해져있는 것들은 몸살을 앓아서 축 처진 어깨처럼 늘어져 있기도 하여 관심을 가지지 않으면 죽기 십상이다.

많은 화분들을 관리하기가 쉽지 않다. 다른 집으로 이사 보내기도 하고, 무임 분양도 하고, 지인들에게 선물로 주기도 했다. 그래도 겨울에는 흩어져있는 것들을 모아야하기 때문에 큰 공간이 필요하다. 남편은 이틀을 작업해야 온실이 만들어질 것 같다더니 저녁 해를 넘기기 직전에 거의 마무리했다.

근사한 온실이 만들어진 것에 나는 감탄했다. 미안하기도 하고 고맙기도 한 것을 감추려고 조금 엄살스럽게 끙끙거리며 화분을 옮기기 시작했다. 큰놈은 뒤로 중간 놈은 가운데로 작은놈은 앞으로 놓을 생각으로 하나하나 옮기는데 남편은 내 마음을 아는지 또 척척 도와주었다. 어디 그것뿐인가. 내가 제일 좋아하는 항아리들도 겨울에 춥지 않게 지붕도 만들어 줄 거라고 하지 않는가. 사실 이것저것 주워 온 것을 귀찮아할 법한데 그걸 위해 공간 마련을 서슴치 않으니 우리는 분명 많이 닮아가고 있었다. 그러다보니 남들이 쓰다버린 물건들은 그이의 손에 의해서 정원을 운치 있게 만들어주는 일등 공신이 되었다.

항아리는 다양한 모양과 빛깔의 화분으로 변신하여 나는 그곳에다 예쁜 꽃을 심어, 생명력을 발동시켰다. 버려진 것들이 새로운 모습으로 저마다의 빛깔로 요염하게 자리 잡고 있는 것을 보면 얼마나 사랑스럽고 우스꽝스러운지 모른다. 지인들은 재생한 것이라고 하면 믿기지 않는다며 고개를 절래절래 흔들지만 우리 집에만 있는 것들이기에 더욱 애정이 간다.

올겨울은 예년과 같이 죽어서 나가는 꽃들이 없기를 바라는 마음으로 바람 길도 챙기고 통풍에도 신경을 썼다. 우리 동네는 평지지만 산이 가까워서 산풍이 있다. 산풍과 함께 산의 오장을 훑어 내리는 시원한 물소리는 세상을 잊게도 하지만 겨울에는 체감온도를 낮추는 역할도 하기에 겨울나기에 신경을 쓰지 않을 수 없다.

정원에 작은 등불을 켰다. 낮은 촉수에서 비치는 한지漢紙 같은 불빛은 어둠을 가시고도 남아서 밤을 밝혔다. 쌀쌀한 느낌이 드는데도 서로는 안으로 들어갈 마음이 없었다. 약속이나 한 것처럼.

오붓한 시간이라는 게 이런 것이 아닌가 생각하며 낮은 집과 어우러져 지어진 온실을 끼고 돌담을 돌아본다. 오래된 나이가 그대로 보이는 흔적에서 우리가 여기를 선택한 것에 대해 감사하는 마음을 챙긴다. 미처 가보지 못한 길을 가보고 싶어서 온 길이다. 어쩌면 도회지에 살면서 내내 그리워하며 소망했는지 모른다. 때로는 낯선 일 때문에 몸서리를 치면서도 그것은 순간이었을 뿐 한 번도 후회해 본 적이 없다. 오늘처럼 반납한 휴일, 보람 있는 날이 더욱 많은 탓도 있으리라.

산은 내려와 캄캄하다.

자연의 시간과 함께해야 하는 것이 도회지에서 온 우리가 지켜주어야 할 예의라는 것을 살면서 차츰 지켜가게 되었다. 꽤 늦은 밤이만감이 교차하면서 깊어갔다.

시골집 개화기

　지상에서는 닭이 홰를 치는 소리와 개 짖는 소리, 하늘에서는 새들의 아름다운 노래가 새벽을 깨운다. 창밖에서 어렴풋이 들려오는 가랑비 소리에 귀를 쫑긋거리며 먼 산을 바라보니 오색 물감으로 그림을 그려놓은 듯 곱게 물들었던 산과 들이 자태를 살며시 감추며 가을을 떠날 준비를 한다.

　갑자기 부는 바람소리에 수북이 쌓였던 낙엽들은 이리저리 나부끼며 몸을 숨기고 황제의 빛깔로 물든 잔디밭은 아침을 마중한다. 집안 곳곳에 향을 뿌리며 계절을 자극하던 국화꽃도 이제는 향기를 떨어뜨리며 상념에 젖어있다. 가랑비는 스스로 뜻밖의 가을비인줄 아는지 슬픔에 잠겨 금방이라도 펑펑 눈물을 쏟아 내릴 기세이다.

　이곳에 온지 3년째. 그때도 늦은 가을이었다. 낯선 시골집의 딱딱한 시멘트 바닥의 마당에는 군데군데 갈라져 틈 사이로 곱게 피어난 들꽃들만이 쓸쓸하게 이 집을 지키며 누군가를 기다리고 있었다. 다 낡은 스레트 지붕은 금방이라도 내려앉을 것 같았고 살아 온 세월을 말해주 듯 창호지로 울퉁불퉁 덧바른 벽은 받쳐주지 않으면 금방 쓰러질 것 같았다. 머리가 닿을 것 같은 천장은 온통 거미줄로 엮여있어 벌레들의 놀이터였다. 외양간은 거의 반 쯤 무너져 있었고 작은 바람소리만 스쳐도 날아갈 것만 같았다. 제대로 되어 있는 것이 아무것도 없었다.

그러나 꼭 한 가지 있는 것은 단단한 울타리였다. 그것들을 둘러싼 탱자나무가 꼿꼿하게 이곳을 감싸고 지켜주고 있었다. 첫 인상의 외양은 초라했지만 그래도 정감이 가는 집이었다. 쭉 돌아보면서 '아담한 정원을 만들고 내가 좋아하는 국화꽃을 심고 들꽃과 야생화를 벗 삼아 살아가면 얼마나 행복 할까'싶은 나의 자그만 소망이 마음속으로 구체적인 설계를 시작하였다. 갑자기 머릿속에 도면을 그리며 방두 칸은 틔워서 한 칸으로 만들고 외양간은 찻방으로 개조하고 창고는 황톳방을 만들어서 유용하게 쓰면 될 것 같았다. 우리 손으로 하나하나 만들어 가면 더 정겨운 집이 될 것 같았다.

남편은 뭐든지 말만 하면 뚝딱 만들어 놓는 요술쟁이 같은 손을 가지고 있다. 즉시 남편에게 당신의 손재주로 나를 행복 하게 만들어 주면 좋겠다고 애교를 부렸고 무뚝뚝한 남편은 두 말도 하지 않고 동의해 주며 우리 힘으로 하나하나 만들어 가면 된다고 용기까지 덤으로 주었다.

우리는 그때부터 예전보다 더 일심동체가 되어 동네 분들을 찾아다니며 인사를 했다. 오래된 집이지만 예쁘게 우리 손으로 꾸미려고 하니 불편하시더라도 조금만 참아 달라고 부탁을 했다. 동네 분들은 쾌히 승낙을 하셨고 승낙을 응원삼아 집 만들기에 본격적으로 돌입했다.

그런데 수리하는 날이 지날수록 동네 분들의 성화가 심해졌다. 좁은 골목에다 길을 물고 짓는다는 둥 차가 다니는데 힘들다는 둥 하시면서 빨리 마무리 하고 싶은 우리들 마음을 잡고 놓질 않았다. 갈수록 성화는 심해져서 비 오는 날이면 추녀의 빗물이 길 거리로 떨어지니 다 허물고 집을 안쪽으로 새로 지으라 하시며 사사건건 어느 것 하나도 좋게 넘어가지 않으셨다.

어디 그것뿐만이 아니었다. 젊은 사람이 도시에서 살지 왜 시골로 들어 왔는지 모르겠다며 모두들 수군거렸다. 동네 어귀에서 동네어르신들 만나면 반갑게 인사를 해도 건성으로 받아주며 경계를 하셨다. 이 동네에서 살아갈 수 있을까? 하는 걱정과 두려움이 밀물처럼 몰려왔다.

하지만 시골 생활을 하며 자랐던 나는 동네 어르신들에게 더 가까이 다가가며 부모님을 대하듯이 깍듯이 인사를 했고 맛있는 것도 사드렸다. 남편은 고장 난 것도 고쳐주며 붙임성 있게 다가갔다. 집이 거의 마무리가 되면서 남편은 서둘렀다. 빨리 이사를 해서 믿음을 보여드리며 하나하나 고치고 만들어 가자는 것이었다. 지인들은 편리한 도시를 두고 아무도 모르는 시골로 이사 가는지에 대해 궁금해 하고 말리기도 하였다. 먼 거리를 매일 출 퇴근을 어떻게 하냐며 1년 안에 다시 도시로 돌아올 거라는 얘기도 하였지만, 시골집을 비워 둘 수 없었다.

어디가 출발이고 어디가 도착이라고 말할 수 없지만 돌고 도는 인생이라는 것을 실감하면서 쭉쭉 뻗은 고속도로처럼 시골과 도시사람의 행복이 쭉쭉 뻗어나가기를 바라며 오늘도 하이웨이를 달린다.

농촌의 사물놀이

　도시의 11월.

　늦가을을 떠나보내며 우리는 시골로 이사를 왔다. 시골의 가을은
상상외로 도시보다 너무 추웠다. 서리가 내리고 얼음이 얼고 바람
은 살살 불어도 살이 찢겨져 나가는 것처럼 아프고 시렸다. 방안에
서도 입김이 하얗게 생기고 방에서도 밖에서도 두꺼운 옷을 입지 않
으면 활동할 수가 없었다. 겨울 내내 따뜻한 아파트가 그리웠지만
겨울이 지나 봄이 오면 예쁜 정원에서 꽃을 피우고 동네 어른들과
이야기하며 지낼 생각을 하니 마음이 바빠지고 훈기가 돌았다. 매
일 출퇴근 하면서 눈앞에 펼쳐지는 그림 같은 풍경 속에 빠질 때면
어느새 행복이 나에게로 달려와 속삭이고 있는 것 같았다.

　시간은 지나면서 나에게 적응할 기회를 주었고, 변화와 함께 시
골 생활에서 배워가는 법을 배웠다. 텃밭을 가꾸고 꽃을 키우면서
사랑을 배워갔고 흙을 만지면서 마음의 여유와 지혜가 생겼다. 모
르는 건 동네 분들에게 여쭈어보기도 하고 도와 달라고 부탁도 했
다. 텃새를 부리고 수군거리던 것도 그때였을 뿐 지금은 먼저 다가
와서 반겨주고 자기 일처럼 도와주신다. 어쩌면 나의 어릴 적 시골
생활에서 이러한 믿음을 배웠는지 모른다.

　새치가 아닌 흰머리를 날리는데도 이곳에서는 우리를 새댁 새신
랑으로 부른다. 집에 고장 난 물건은 물론이거니와 싱크대, 수도,

심지어는 자전거까지 고쳐 달라며 "새신랑 있어?" 하며 시간을 가리지 않고 찾기도 한다. 퇴근한 것을 언제 보셨는지 "새댁 일찍 왔네" 하시며 텃밭에서 제일 좋은 놈이라며 배추며 무를 쑥 쑥 내 주신다.

출근할 때면 매일 부산까지 출퇴근하려면 힘들겠다며 항상 차 조심하고 집 걱정 하지 말고 돈이나 많이 벌어오라며 농담도 하시는 우리 동네 어르신들이다. 잘 펴지지 않는 투박한 손으로 기원을 하시듯 손을 모으시기도 하시고 보이지 않을 때까지 손을 흔들기도 하신다. 도시에서 맛보지 못한 따뜻한 사랑을 받으면서 정말 정착하길 잘 했다는 행복감을 우리 부부는 함께 즐기며 산다.

늦가을이라 집집마다 탈곡기 소리가 요란하고 도로개로 콩을 두들기는 소리가 우리 집 마당까지 울려 퍼진다. 이런 소리들이 농촌의 사물놀이가 아닌가 싶다.

집집마다 농사일을 막바지 손질을 하시며 쌀 한 톨이라도 버리지 않고 주워 담으시는 어른들을 보며 '좋은 가격으로 팔아야 될 텐데' 하는 걱정이 앞선다. 이곳의 어른들은 추수한 곡식을 자식들에게 먼저 보내고 그 후 나머지는 시장에 내다 팔고 있다. 곡식들을 잘 팔아야 추운 겨울을 잘 지낼 수 있다 보니 이익이 남는 곳으로 판매를 한다. 많은 도움이 되지는 못 하지만 조금이나마 보탬이 되도록 도시에 사는 지인들을 통해 팔아주고 있다.

며칠째 아침마다 마대 자루는 마당에서 잔득 빛을 내며 나를 따라 떠날 채비를 한다. 어른들은 굵은 손으로 한 움큼씩 더 넣어주시며 잘 가라 하신다. 이런 게 시골 인심이고 정이였구나!

새벽 5시. 오늘도 어김없이 초인종이 울린다.

"새댁 쌀하고 콩 담아놨으니 차문 좀 열어"라고 하신다. 요즘 날마다 내 차안에는 새색시처럼 예쁘게 단장한 가을이 도시로 떠날 차비를 한다. 내가 떠나 온 가을에 가을을 싣고 찾아가는 부산.

　도시에다 농촌의 사물놀이가 피워낸 알뜰한 결실을 자랑하러 가는 발걸음이 가볍다. 또 고소한 맛까지 곁들이니 몸보다 마음이 바쁜 날이다.

특별한 입석

봄은 앞마당까지 성큼성큼 발자국 소리를 내며 들어섰다. 비좁은 창문 틈을 비집고 들어온 봄바람은 봄기운으로 쫙 펼친다. 설레는 마음으로 먼 산을 바라보니 연둣빛이 선연하다. 와! 봄이다.

봄의 소리는 유독 대나무가 많은 저 산에서 숲과 함께 오케스트라 연주하며 동네에 내려온다. 나만의 감상을 위하여 봄 마중을 하기로 했다. 글감을 찾을 심산으로 기차에 올랐다. 내가 봄을 빨리 느끼지 못하는 것은 항상 들판 저 끝에서 오는 것이라고 생각했기에 아마도 들판 끝을 빨리 만나고 싶은 것인지도 모른다.

시간 욕심이 유난히 많은 내가 오늘 하루만이라도 느리게 살아 보고 싶다는 생각이 드는 것은 글을 쓰고 난 후부터이다. 어찌되었건 일탈을 꿈꾸는 것은 나에게 그렇게 쉽지 않은 일이다. 대합실은 출근 시간이라 그런지 사람들로 부쩍 댔다. 부산행 기차는 '입석'밖에 자리가 없었지만 입석이라는 약간의 불편함이 까닭 없이 더 끌려 망설이지 않고 표를 샀다. 기차에 서둘러 몸을 실었다. 항상 계획하고 준비하고 꼼꼼하게 챙기는 나와 다르게 기차로 시작하는 즉흥적인 하루가 설레는 생생한 아침이다.

그런데 기차에서 코끝을 자극하는 향긋한 봄 향기는 웬 일인가! 입구에서 입석 한 자리를 차지하고 있는 냉이, 쑥, 달래 등의 봄나물들이 투명한 비닐 포대 안에서 얼굴을 내밀고 봄 향기를 밀어 올리고 있는 것이 아닌가? 그 옆에는 바쁜 출근길을 비켜주며 얼른 올라가라고 손짓하는 시골 아주머니들의 넉넉한 인심에 왠지 특별한 하루가 될 것 같은 기분 좋은 예감이다. 봄나물 향기를 위하여 그들 옆으로 비켜섰다.

사람들 틈 사이로 비집고 들어가 비좁은 창가 쪽에 기대어 섰지만 몸은 움직일 수도 없어 불편하기 짝이 없었다. 순간 봄을 맞이하겠다는 감상은 달아나고 잠시 괜히 불편한 기차를 택했나 하는 짧은 후회를 하며 바라본 창밖은 자동차 속에서 볼 수 없었던 풍경들이 지나가고 있었다. 후회와 기쁨을 교차하며 기차가 덜컹댈 때마다 이리저리 덜컹대는 몸은 기차의 속도에 맞추어 간다. 마치 기차는 바깥의 풍경에 맞춰 속도를 조절하는 것 같은 착각을 느끼게 하고 나의 적응 속도는 빠르게 진행되었다.

강을 지나갈 때면 여유를 부리면서 바깥 풍경은 천천히 뒤로 미루어 가며 보기도 한다. 겹겹이 부둥켜안고 포근하게 지내는 산의 모습을 눈도장으로 수십 번 찍어도 그 장면은 빨리 바뀌지 않았다. 느림을 즐기는 향유에 산천초목도 동참해 주는 기쁨을 맛본다.

산자락을 함께 따라 흐르던 물줄기는 폭을 넓히고 바다가 가까워 옴을 만끽하듯 반짝이며 수평선을 그리고 있다. 낙동강 하류의 강줄기의 흐름은 우리 국토의 아름다움에서 빼놓을 수 아름다움이라 자랑하던 어느 답사가의 말을 떠오르게 하는 장면이다. 이른 봄 풍경은 아기 살갗처럼 부드럽게 창밖에서 피고 있다. 얼마나 부드럽고 잔잔하게 일렁이든지 툭하고 건드리기만 하면 스르르 나에게로 올 것만 같다. 그 광경을 보고 있는 내 마음은 여유로움으로 넉넉한 평화가 만들어지고 강물 위로 비치는 산과 들은 한 폭 그림으로 또 다른 초대를 나에게 한다.

이토록 아름다운 낙동강변의 경치와 풍경을 오늘에서야 하면 감탄을 멈추지 못하는 나의 심경을 알기라고 한 것처럼 기차는 더 느리게 레일을 타고 있다. 저 산들은 사계절을 겸허하게 받아들이며 변함없이 침묵하며 묵묵히 제자리를 지키며 저 모습 그대로 간직한 채 서 있겠지! 그리고 강가에 흐르는 강물은 강줄기를 따라 서로 배려하며 마침내 큰 물줄기로 만들어지겠지. 나의 선문답도 꼬리가 긴 기차처럼 레일을 탔다. 예상하지 못한 입석으로의 여행이 특별한 여행으로 기차를 타는 것이다.

네 것 내 것 냉정하게 선을 그어놓고 내 욕심만 채운 건 아니었나. 허기진 내 갈증만을 채우기 위해 열정을 불태우지는 않았는가. 욕심만을 채우려고 하니 언제나 목말랐던 게 아니었을까 하는 이런저런 상념에 잠긴 사이 기차는 어두운 터널 속으로 요란한 굉음을 내며 빨려 들어갔다. 어둠이란 공간에서 지나온 내 삶을 되돌아본다.

어느 자리에서나 도시적이고 내 직업에 관련해 프로다운 모습의 삶을 살아야 한다며 앞만 보고 달리던 내가 아니었던가? 하루하루 경쟁 속에서 팽팽한 줄다리기를 하다 보니 앞만 보고 달리느라 주위를 돌아볼 여유조차 없었던 것 같다. 뭐든지 끝을 봐야 되는 성격이다 보니 열심히, 열정적으로 산다는 핑계로 마음대로 휘두르며 살지 않았는지 모르겠다. 외줄타기를 하는 사람처럼 외롭고 힘들면서도 스치는 바람에조차 예민하게 반응하면서 오만과 자만 속에 지쳐가는 삶을 살지는 않았나? 하는 후회도 앞선다.

나에게 주어진 자리를 낮은 자세로 받아들이기보다 더 높은 곳으로 나아가기 위해, 타인에게 인정받기 위해 보이는 것에만 치우치는 않았는지! 버거운 노력은 감춘 채 당당한 모습만을 보여주려 하지는 않았는지, 때로는 지친 모습으로 손을 내밀 수는 없었는지….

이러저러한 생각들은 터널보다 더 길었고 깊었다. 아이들이 엄마 손을 필요로 할 때, 남편이 아내자리를 필요로 할 때, 내 일에 파묻혀 또 다른 성공을 보여준다며 가족에게 시간을 내주지 못하고 주위의 소소한 행복을 놓친 것은 아닌지 지금 생각하면 마음 아프고 후회가 밀려든다.

거미줄같이 얽힌 내 걱정과 근심 안에만 갇혀 내 넋두리나 늘어놓으며 물질적인 도움을 준다는 이유로 가족들을 더 괴롭힌 것은 아닌지…. 열심히 살아온 것 같은데 돌아보니 후회와 반성만 가득한 것은 잘못 산 탓일까, 아직도 모든 것을 잘해야 한다는 욕심이 남은 것일까. 많은 생각들이 터널을 빠져나오려고 버둥거렸다.

사람들 사이에서 부대끼며 맛 본 인간애와 그동안 느껴보지 못한 새로운 풍경의 풍요로움이 덜컹거리는 기차 사이로 밀려든다. 속도와 안락함에서 불편하던 것은 어느 새 사라지고 이 특별한 '입석'이 없었다면 이 아침의 가슴 절절한 고해성사와 행복함을 느낄 수 없었으리라.

소중한 입석에서 보내는 시간을 즐기며 물금역을 지난다. 종착역을 향해 달리는 기차의 광고란에 '웃음꽃이 활짝 피었습니다.'라는 글귀가 가슴에 와 닿는다. 혹시 오늘의 나를 보고 하는 광고가 아닌가하며 속으로 미소를 짓는다.

아침에 내려놓은 욕심 덕에 조금은 가벼워진 몸과 마음으로 어제와 다른 도시 속으로 출근하며 나의 삶도 웃음꽃이 활짝 피우며 그 향기가 주변을 가득 채워주는 아름다운 꽃이 되어 웃음꽃을 활짝 피워야겠다. 기차에서 만난 깨달음을 실천해야겠다.

항아리의 수난

며칠 전부터 하늘이 심상찮더니 아니나 다를까 전 지역에 폭설이 내렸다. 우리 집도 다르지 않아 앞마당에는 하얀 솜이불이 두툼하게 펼쳐있는 듯하다. 장독대는 솜털 모자를 눌러 쓴 항아리들이 낯설게 태어났고 작은 항아리는 눈 모자에 파묻혀 아예 보이지 않았다. 무심코 내 손이 그들의 모자를 벗긴다. 내 손 시린 만큼 시리겠다 싶어 얼른얼른 벗긴다. 항아리들은 햇살을 받으며 제 빛깔을 드러내며 겨울을 즐겼다.

유년기 시절 우리는 겨울을 손꼽아 가다렸다. 집일이 줄기도 하지만 유일하게 친구들과 마음대로 뛰놀 수 있는 계절이었기 때문이다. 추수가 끝나고 나면 집에서 묵고 일하던 일꾼들이 겨울을 보내러 고향으로 돌아갔다. 시끌벅적했던 식구들이 돌아가면 적적해야겠지만 그럴 겨를도 없다. 엄마는 부엌에 들어서면 일거리를 주었다. 할머니를 보살펴 드리고 일과 동생들을 챙기는 일 매일 장독대 닦는 일까지 내 책임이다. 우리는 그런 일쯤은 식은 죽 먹기였으므로 일을 겁내지 않았다. 옹골진 일꾼들의 의기투합이었다. 그래도 그런 일들이 겨울에는 덜했다.

그날도 함박눈이 펑펑 쏟아졌다. 우리는 강아지처럼 콩콩 뛰어나갔다. 친구들도 비닐포대를 하나씩 들고 우르르 몰려왔다. 누가 먼저랄 것 없이 끌어주고 밀어주며 눈썰매를 타고 눈싸움을 하며 신나게 놀았다. 동생들은 태워달라고 떼를 쓰며 울어 댔다. 엄마는 우리의 행동만 봐도 다 알았다. 야단을 쳤다. 손아래 남동생의 생떼는 우리의 놀이를 정지시켰다. 집으로 갔다. 초가지붕 끝에 열린 고드름을 툭툭 분질러서 동생을 달래느라 칼싸움을 해주었다. 목이 말랐다. 장독대 위에 사뿐히 앉아있는 하얀 눈을 한 움큼씩 시원한 물로 대신했다. 그 맛은 아이스크림보다 더 시원해서 나중에는 경쟁하듯이 먹었다.

우리는 숨바꼭질도 곧잘 했다. 동생들보다 내가 술래가 되어 줄 때가 많다. 언니랑 같이 하면 당연히 언니가 술래다. 나는 하얀 눈 덮인 장독 뒤에 숨어있었고 동생도 내 눈치를 살피면서 뒤뚱거리면서 따라왔다.

"빨리 숨어!"

급한 나의 손이 동생의 목덜미를 눌렀다. 화들짝 놀란 동생이 갑자기 우는 바람에 언니가 우리를 발견했다. 나는 동생과 장독사이로 도망가다가 간장독을 깨고 말았다. 독은 산산조각이 나버렸고 순식간에 하얀 눈 위에는 뿌연 먹물로 수채화 그림이 펼쳐졌다. 너무 무서워 언니는 작은방에 숨고 나는 고팡 안에 숨었다. 그곳에도 항아리들이 줄 서 있었다. 밖에서는 엄마 목소리가 성난 호랑이처럼 쩌렁쩌렁 했다. 동생은 울면서 누나가 깼다고 고백했다. 어느 누나 하며 큰소리로 다그치는 소리며 마루청을 쿵쿵치는 발자국 소리까지 나를 위협했다. 순간 적으로 몸을 더 안전하게 숨겨야겠다는 생각이 들었다.

숨을 곳은 항아리뿐이었다. 황급히 항아리를 하나하나 뚜껑을 열어보니 나락이 가득 있었다. 더 큰 독항아리 안을 들여다보았다. 그 속은 비워있다. 금이 간 곳은 철사가 꽁꽁 묶고 있었다. 얼른 그 속으로 들어가 숨었다. 온 천지가 깜깜 하고 쿵덕거리던 가슴 또한 진정되었다. 갑자기 적막이 흐르고 잠이 쏟아졌다. 아랫목보다 따뜻하고 포근함까지 느끼며 밖으로 나갈 생각을 잊었다. 얼마나 시간이 흘렀을까. 갑자기 맛있는 냄새의 자극에 잠이 깼다. 살금살금 문을 열어 주위를 살폈다. 모두 부엌에서 밥을 먹고 있는 것 같았다. 뱃속은 눈치도 빠르게 요동치며 부엌으로 가자고 보챘다.

살금살금 나왔다. 부엌이 아니라 올레길이다. 올레길은 솜이불을 깔아 놓은 듯 하얗게 덮혀 있었다. 뽀드득 뽀드득 눈을 밟으니 내가 슬픈 듯이 눈도 뽀드득 뽀드득 울고 있었다. 걸어가는데 얼마나 슬픈지 엉엉 울고 싶었다. 식구들은 내가 있는지 없는지 조차 몰랐다. 갑자기 서러움이 굳어서 얼음 짝이 되어가는 것 같았다. 정신을 차리고 앞을 보니 하얗게 눈 덮인 사이로 따뜻한 광채가 나를 부르고 있었다. 눈 위에 비치는 햇빛은 나를 감쌌다.

그 후로부터 나는 항아리만 보면 뭔가 모를 그리움을 느꼈다. 겨울에는 특히 심했다. 길거리에 버려진 금 간 항아리는 애정이 간다고 하면 심한 엄살일까. 시골로 이사 와서 본격적으로 항아리를 하나 둘씩 모았다. 그 속을 된장, 간장 비롯해 산야초 효소들로 배 불룩하게 가득 채워 두었다. 매일 아침마다 고해성사라도 하듯 항아리를 닦았다. 닦으면 닦을수록 항아리는 빛났고 발효되고 숙성되는 냄새는 진화의 웃음소리로 들려준다. 뚜껑을 열고 닫으면서 삶의 지혜와 기다림을 배웠다. 집 안팎의 엉켜진 실타래를 하나하나 풀어준 보물이기도 하다.

사람들은 저마다 숨겨놓은 사연들이 많을 것 같다. 이제는 아픔만큼 옹골차진 모습으로 세상을 바라 볼 수 있을 것 같다. 내 안의 실타래가 천천히 엉키지 않게 풀 일만 남았다 문득 어머니의 항아리 사랑이 궁금해진다. 조만간에 간장, 된장을 떠서 어머니에게 사랑을 전해야겠다.

꽃, 역경을 이겨내다

제비꽃이다. 키가 작은 꽃은 산행에서도 지나치기 일쑤였다. 돌 틈에서 끈질긴 생명력을 내보이는 보랏빛, 병약함이 사라졌다.

우리 집 잔디밭에도 뾰쪽하게 고개를 내민 제비꽃을 남편은 잔디 와 뒤엉켜 피어난 잡초라며 뽑았다. 나는 제비꽃이라고 그냥 두길 원했지만 잡초라고 우기는 남편의 말을 반박할 수가 없었다. 그럼 에도 이곳저곳에 날아 들어와 씨를 부려놓고 싹을 틔우며 파랗다. 갈라진 담벼락 사이까지 점령하여 뾰쪽하게 고개를 내민 꽃, 우리 의 삶과 닮아 있다.

흔들리는 삶속에서 쉴 새 없이 달려온 지난 세월을 돌아본다. 의 지 할 곳 없는 객지에서 발버둥 치며 세상과 꿋꿋하게 맞서 싸웠다. 녹녹하지 않았던 생활은 어렵고 힘들었다. 하지만 다정하게 대해주 는 사람들이 있어서 견딜 수가 있었다. 혼자 사는 세상이 아니란 걸 배우며 살았던 세월, 어려웠으나 헛되지 않았다.

남편을 만나고 나의 삶도 달라졌다. 직장과 학교를 다니며 "열심 히 살아가는 모습에 마음이 쓰였다."며 함께 걸어가자고 손을 잡아 준 남편이었다.

그 믿음은 나를 단단하게 만들었다. 우리는 결혼했다. 그리고 광 복동 번화가에 가게를 열었다. 항상 버팀목이 되어주는 남편은 바쁘게 살아가는 나를 묵묵히 지켜주고 응원해 주었다. 나날이 새로운 꿈과 희망을 가져다주는 시간들이 선물 같았다. 아이 둘을 낳았다. 우리는 아이들을 아무 걱정 없이 행복을 누릴 수 있도록 해주고 싶었다.

그러나 현실은 달랐다. 남편은 일본으로 갑자기 파견 근무를 하게 되었다. 아이를 혼자 돌보며 직장생활과 학교생활을 병행하기가 힘이 들었다. 그뿐만 아니라 오후 늦게까지 아이들은 돌봐줄 수 있는 곳을 찾기란 쉽지가 않았다. 허리가 아픈 시어머니한테는 도움을 청할 수가 없었다. 수소문 끝에 같은 아파트에 사는 분을 소개를 받았다.

남편이 빈자리가 그리웠다. 아이 둘을 키우고 직장 생활을 하는 것은 꿈을 찾기에는 너무나 험난했다. 아이들은 나의 발자국 소리를 기다리다 인기척만 나면 현관문으로 조르르 달려왔다. 사랑의 목마름을 아이들과 같이 겪었다. 기다렸다. 날이 어두워지면 창밖을 내다보며 목이 빠져라 나를 기다리는 아이들 그이가 돌아올 날을 은연중에 기다리는 나 가슴이 미여졌다. 우리는 정서적으로 중요한 시기였다. 그렇지만 나의 길을 멈출 수가 없었다. 나를 기다리는 아이들의 기다림이 멈추지 않는 것처럼. 나의 유년 경험을 다시 아이들에게 대물림하는 나를 발견하면서 나의 모든 걸 접기로 했다. 노력의 결실을 포기하기에는 마음이 아팠지만 아이들이 손길이 필요 할 때 엄마의 역할을 해 주고 싶었다.

그런 마음을 잘 아시는 시아버지께서 "힘이 들면 도움을 청하지 혼자 해결 하려고 했냐"며 시어머니가 남편이 없는 자리에 시아버지는 든든한 지원자가 되어 주었다.

열정의 삶을 살다보니 어느새 1~2호점을 오픈 하게 되었다. 직원관리, 고객 상담, 학교강의까지 바쁜 시간을 쪼개가며 살아가던 어느 날이었다. 2호점 출근을 하는데 안보이던 남자 아이가 계단을 쓸고 있었다.

"여기서 뭐해? 학교 안가"고 했더니 학교 그만두고 2층에서 일한 다고 했다. 어찌나 당당하게 말하는지 내가 되레 정신이 번쩍 들었 다. 비쩍 마른 아이는 며칠 굶은 것처럼 말라있었다. 솔직한 내 심 정은 내 아들이 다른 사람 눈에 저렇게 보이면 어쩌나 하는 생각에 마음이 쓰였다. 그냥 따뜻한 밥이라도 먹이고 싶었다. 아이를 가게 로 데리고 갔다. 식당 아줌마보고 따뜻한 밥을 챙겨주라며 부탁을 했다. 아이한테 굶지 말고 밥 먹고 싶으면 언제든지 여기 와서 먹어 도 된다고 했다. 그때는 직원이 많아 청소와 식사를 준비 해주는 아 줌마가 있었다.

그 아이는 부모의 이혼으로 집을 나와 어둠속에서 외롭고 힘든 생 활을 하고 있었던 것이다. 고등학교를 자퇴하고 술집을 전전하며 살 았던 것이다. 나는 미용실에서 기술을 가르치고 싶었고 따뜻한 밥 이라도 날마다 챙기고 싶었다.

2호점 직원은 25명 정도 근무했다. 그 아이한테 형님 누나 같은 직원들이 많았다. 배짱도 있고 넉살이 좋은 아이는 적응이 빨랐다. 그러나 내가 출근 하지 않으면 직원들이 시키는 일도 하지 않아 트 러블이 많이 생겼다. 부원장은 그냥 보내는 것이 좋을 것 같다고 했 고 직원들의 체계가 흔들린다고까지 했다.

그러나 우리가 조금만 더 관심을 가지고 응원해 주면 저 아이는 이 세상을 살아가는데 큰 힘이 될 거라는 걸 나는 확신했다. 고민 끝에 우리 집으로 데리고 와서 아이와 놀아주고 준비물 챙겨주는 역 할을 맡겼다. 힘들 때마다 우리 집 매장 등을 찾아와 하소연하기도 했다. 경청이 필요했다.

스무 살 될 무렵 서울의 큰물에서 살고 싶다고 했다. 어디서나 기죽지 않는 배짱이 있고 의리 있는 성격이었다. 모진 풍파에도 잡초처럼 잘 이겨낼 꺼라 믿었다. 저마다 삶이 다른 것처럼 그 아이도 새로운 세상에서 다른 밑그림을 그리며 언젠가 성공하리라 믿었다. 우리 집 문은 항상 열려 있으니 힘들면 항상 오라고 했다. 간간히 소식을 전해왔다. 우리 가족들 생일까지 일일이 기억해 연락하고 여자 친구를 데리고 와서 인사까지 시켰다.

자연스럽게 나를 엄마라 부르기 시작했다. 자기 친구들에게 우리 엄마라 하며 넉살스럽게 소개했다. 처음에는 엄마라는 소리에 민망하기도 하고 쑥스럽고 어색했다. 그냥 웃어주었다. 자주 안부를 전하고 무슨 일이 생기면 언제든지 찾아와 고민을 털어놓고 상의를 했다. 친동생처럼 우리 아이들까지 챙기며 바쁜 나를 대신해 놀아주곤 했다. 부모님한테 잘 하라고 훈계를 하기도 했다. 방황하는 사춘기 아들을 친 동생처럼 과외까지 시키며 데리고 있었다. 우리 아들은 형이 무섭기도 했지만 맛있는 거 사주는 형을 잘 따랐다. 어느 날 아들은 형 진짜 엄마 아들이냐며 따지듯 했다. 남편과 나는 웃음으로 대답했다.

서로의 믿음으로 이어온 30년이란 세월은 우리 모두에게 가족이란 이름으로 만들어놓았다. 배짱 하나로 인생의 쓴맛과 단맛을 채우며 삶을 살아가는 모습이 대견하기도 하지만 한편으로 안쓰럽기도 했다.

내가 그토록 떠나고 싶었던 고향에서 양아들은 카페를 운영하며 펜션 사업을 하고 있다. 우리는 전생에 무슨 인연이 있었는지…. 서로에게 잘 되길 진심으로 응원하는 가족이 되었다. 요즘은 초등학교 축구교실에서 아이들을 가르치며 살아가는 모습이 대견하다. 그리고 글 쓰는 나보다 책을 손에서 놓지 않는 모습, 또한 멋지다.

부모의 사랑은 부족 했지만 항상 밝은 모습으로 살아가려고 노력하는 너를 채워줄 누군가가 있어 단단한 둥지를 틀었으면 하는 것이 나의 바람이다.

지금은 부산과 제주를 오가며 안부를 챙긴다.

"엄마, 언제 제주도에 오시냐"

그런 사이를 묵묵히 이해를 해 주고 믿어주는 남편, 화목한 가정을 만들어 가고 있다.

성공한 사람들은 목표가 있었다. 인생이라는 바다에서 표류 하는 것이 아니라 목적지를 향해서 나가고 폭풍이 몰아쳐도 정면을 뚫고 나갔다.

양아들은 받은 만큼 세상에 돌려주고 싶다는 포부가 있다. 아름답고 멋진 집에서 화목한 가정을 꾸리며 살아가는 것이 꿈이 아니라고 했다.

화목한 가정을 이루는 것은 선택이라며 더 넓은 세상을 꿈꾸고 있다고 하니 나 또한 그 꿈이 이우러지기를 기도한다.

"흔들리지 않고 피는 꽃이 어디 있을까?"

씨앗을 심으면 그 씨앗은 싹을 틔우고 가지를 뻗어 꽃을 피우듯 아름다운 세상도 다 흔들리면서 열매를 맺는다. 그 사랑의 줄기로 세상에서 펼칠 네가 보고 싶다.

힘든 여정 속에 꿋꿋하게 이겨낸 우리아들 잘 견뎌 내줘서 고맙다. 이제 꽃을 피웠으니 세상에 아름다운 꽃향기를 전달하는 멋진 삶을 살아가길 바란다.

정자 할망네

제주도는 태풍 마이삭으로 이틀간 억수같은 비가 쏟아져 제주도 전체를 강타하며 우리 마을은 큰 피해를 입었다. 방송국에서는 실시간 기자와 중계 방송해 주었다.

"이수진 기자, 이번 태풍 피해가 많은 종달리 상황은 어떠세요."

'네. 이수진입니다.'

마이삭 태풍은 만조까지 겹치면서 도로가 침수되고 강한 바람으로 인해 종달리 마을은 초토화 되어 있는 상태입니다. 양식장 지붕 철골이 구겨지면서 새밭이 마을 지붕위에는 철골이 덮치면서 주민들의 불안에 떨고 있었습니다. 골목길은 철골들이 뒤엉켜 아비규환을 방불케 했는데요, 어젯밤에는 우당탕탕 하는 소리에 천둥과 벼락이 떨어지듯 마을을 삼키는 것처럼 무서웠다고 하며 모두들 뜬눈으로 밤을 지새웠다고 합니다.

김정자할머니 집은 양어장과 담 하나를 사이에 두고 있는데 지붕, 창고, 자동차 등 철골들로 마당까지 뒤덮여 많은 피해를 입힌 것 같습니다.

"김정자 할머니, 어제 밤 어떤 상황이었습니까?

"'쾅' 하는 소리에 배락 털어 점신가 해영, 걷어진 줄을 모르고 나왕보거들랑 영해연, 복도록 좀 한숨도 안자수다. 이 새밭이 사람들"

김정자 할머니가 말한 제주도 사투리를 해석하자면, "쾅 하는 소리에 벼락이 치는 줄 알았는데 양어장 철골이 걷어진 줄도 몰랐다. 놀라서 나와 보니 옆으로 철골들이 엉망이고 밤새도록 잠 한숨도 못 이루었다. 이 새밭이 사람들"

이 뉴스로 할머니는 스타가 되었다.

제주도 사투리 말이 무슨 뜻인지 전혀 알아듣지 못하는 사람들은 패러디를 만들어 유트브에서 방송을 했고 할망은 몇 천만 조회 수를 찍으면서 스타가 되었다. 요즘에는 제주도 사투리 할머니로 바쁘게 지내고 있다. 커피 광고, GS 25시 광고, 보물섬이란 유트브 방송에도 나오고 제주사랑 기부 나눔으로 전국방송을 탔다. 구순을 바라보는 연세에도 여러 곳에 초청을 받아 제주 사투리를 알리고 있다니 감동이 아닐 수 없다.

스타 할망과 우리 집은 인연이 깊다.

제주도의 우리 집과 낮은 돌담을 하나 두고 정자할망네 집이었다. 내가 어릴 때도 창문사이로 내다보면 마당에서 무엇을 하는지 속속들이 알 수 있었다. 어둠을 몰아내며 매일 바쁜 새벽도 우리와 같았고 새벽잠을 깨우는 엄마의 요란한 도마소리도 바빴다.

"학교가자"

누구네 집 아이가 먼저랄 것도 없이 소리치면 애들 모두 우르르 줄을 지어 나와서 일렬종대로 학교로 향했다. 한 식구와 같았다. 개구쟁이들이 담장을 넘다가 다치기라도 하면 우리 아버지가 서둘러 담을 낮추었다. 담장 넘어 들려오는 소리가 크든 작든 다 듣고 살았던 이웃이었다. 우리는 바다 위에 출렁이는 달빛을 보며 토끼가 있다 없다는 둥 실랑이를 하다가 북두칠성 찾았다하면 꼬맹이들은 까치발로 들어 하늘을 올려다보려고도 했다.

꼬맹이 우리는 반딧불, 별똥별을 따라 다니느라 밤이 깊어지는 줄 모르다가 엄마 목소리가 커지면 걸음아 내 살려라하고 집으로 달음 박질쳤다. 형보는 정자할망의 장남인데 같이 놀면서 컸다.

정자할망은 해녀였다. 그의 남편은 농사를 짓고 배낚시도 했다. 낚아온 생선은 팔고 남은 것은 집으로 가지고 오는 날이면 우리 집 마당까지 비릿한 바다냄새로 출렁거렸다. 갓 잡아온 생선 꾸러미를 돌담 위에 올려놓으며 "형님, 구웡 애들이랑 먹읍써"

담장 위에 걸터앉아 파닥거리는 그놈들을 보며 우리는 허기진 입 맛을 보챘다. 그런 행복한 날들은 한 장의 비보로 사라지고 말았다.

그날은 추웠다. 해녀들 물질이 없는 날이었다. 부부는 새벽을 깨 우며 배에 불을 밝히고 낚시자리를 찾았다. 형보 아방은 빨간 헬멧 을 썼다. 한치 떼가 몰려오는 것을 뜰채로 올렸다가 내렸다가를 반 복했다. 이른 만선이었다. 오늘은 빨리 집으로 가자며 배청소하기 시작했다. 형보 어멍은 배 바닥 구석구석을 솔로 닦고 아방은 긴 막 대기로 쓱쓱 밀어가며 서로를 도왔다. 그런데 한참 바닥청소를 마 친 어멍이 주변을 둘러보니 남편이 보이지 않았다. 가슴이 철렁 내 려앉았다. 혹시 바다에 빠져 배 끝을 잡고 있나 살피다가 돌아보니 저 멀리서 뜰채만 둥둥 떠다녔다. 순간 큰 일이 벌어졌다는 생각에 "형보아부지, 형보아부지" 목 놓아 부르다 넋을 놓았다. 정신을 차 려보니 주인 잃은 배는 물결 따라 정처 없이 떠내려갔다. 갑자기 무 슨 정신인지 긴 작대기 위에 입었던 빨간 추리닝을 걸어 구조 신호 를 보냈다. 구조를 기다리는 시간은 천년만년 흐른 것 같았고 해양 구조대는 어멍을 무사히 구출을 했다.

썰물 따라 떠내려가는 빨간 헬멧은 파도에 이끌려 우도 앞바다까 지 흘러갔고 시신도 발견됐다. 그 당시 하늘이 무너지고 땅이 꺼지 는 느낌을 받았다고 전했다. 정신을 차리고는 어린 아이들과 어찌 살아갈까 걱정이 싸였다.

형보가 경찰 시험에 합격했을 때 그의 아방이 얼마나 기뻐하고 좋아했는지 마을잔치를 했다. 시루떡을 집집마다 돌리고 주민들은 고생해서 아들 키운 보람을 환한 웃음꽃으로 축하했다. 그러나 그 축하도 잠시, "중앙경찰 학교 지도관실 권형보 빨리 전화를 받아라" 방송이 울렸다. 어제 꿈자리가 뒤숭숭해 집으로 연락을 할까 망설이다 교육을 마치고 해야겠다했는데…. 유선을 통해 전해오는 동생의 목소리는 흐느꼈다. 황당하고 허망한 소식은 아버지가 바다에서 실종되었다는 것이었는데 그 자리에서 꼼짝달싹 할 수 없었다고 했다. 그토록 아버지가 기뻐했던 경찰을 그만두고 홀로계신 어머니를 모시고 농사를 짓고 산다. 가정을 이루고 두 아들을 낳아 잘 살고 있어 대견스럽다. 하지만 그의 어멍을 보면 마음이 아리기도 하다.

요즘도 우리는 형제처럼 잘 지낸다. 그는 고생하며 지은 농작물을 우리 형제들까지 챙겨준다. 계절이 바뀔 때마다 밭에서 일궈낸 농작물을 받을 때면 생선꾸러미를 돌담위에 올려주던 그의 아버지가 생각난다. 우리 집의 관리까지 자처하고 있으니 고마울 뿐이다.

정자할망은 주인 없는 텃밭에 유채 씨를 뿌리고 콩을 심어 봄을 가득 채워놓는다. 내가 고향을 내려간다고 하면 집안에 벌레퇴치를 해 놓고 마당청소까지 깔끔하게 해주는 다정한 분이었다.

요즘은 짭짤한 광고료가 나오면 아들, 며느리, 딸, 손자들 용돈을 줄 수 있어서 행복하단다. 그의 소박한 웃음 속에는 쪼개서 산 세월만큼 얼굴에 피어난 주름이 자리했다.

내가 고향에 내려가면 "언제와시니"하며 반갑게 맞아주는 스타 할망이다. 티브이에 제주사랑 나오는 거 봤다며 유명세를 실감 하냐고 문으니, "나도 몰르커라게" 하며 햇살 가득 환하게 웃으셨다.

어제는 추적추적 비가 내려서 농사일이 없다며 전화가 왔다. 햇시래기 한 박스씩을 동생들 집까지 택배로 보냈다고 하며 빨리 제주도 내려와 같이 살자고 한다.

　더불어 사는 세상의 이런 것이란 걸 알면서도 서로 받으려고 하다 보면 욕심이 생기는 것이 우리의 모습이다. 아직도 시골 인심은 훈훈하다. 그것보다 그가 베푸는 인심이 후덕하다. 그 아버지의 그 아들을 닮아가는 모습에서 그들의 살아가는 행복은 '마음의 부자로 살아가는 삶'이 아닐까 싶다.

가을이 깊어가는 소리 1

　가을이 무르익고 있다. 산자락에 기대앉은 풍경은 하루가 다르게 울긋불긋 옷을 갈아입고 붉게 물들인 단풍은 한라산허리를 감싸고 있다.

　한라산 높이는 1,950m 남한에서 제일 높은 산이다. 정상까지 올라가서 하산하는 시간은 왕복 8~9시간 정도 소요된다. 코로나로 인해 예약을 하지 않아도 한라산 등반을 할 수 있었다.

　이번 산행은 성판악으로 올라가 관음사로 내려오는 코스로 정했다. 어둠을 깨우며 산행을 시작했다. 주말마다 산을 오르는 딸은 "한라산 등반이 설렌다"며 "긴 산행은 처음이지만 엄마가 힘들 텐데"라며 걱정을 했다. 오르는 것쯤이야 걱정 하지 말라고 큰 소리는 쳤지만 만만하게 올라갈 수 있는 산은 아니란 걸 알고 있었다. 어릴 적 친구들과 뛰고 올라가다 혼쭐나던 생각이 났다.

　우리는 계절이 오고가는 향기로운 길목으로 발걸음을 옮겼다. 산자락에는 이름 모를 새들이 재갈거리며 단풍이 물든 등산객들과 산을 오르고 있었다. 유난히 힘겹고 길었던 여름 탓에 기다렸던 가을이 어느새 스며들어 오고가는 계절이 보일만큼 더디게 흐르는 산길 바쁜 삶속에 나누는 여유가 딸과 함께 라서 더 소중하다.

　40년 전 고향을 떠나 부산에 정착했을 때 이 낯선 곳에 어떻게 살아갈까 하는 고민과 불안이 엄습했던 적도 있었다. 부산에서 공부를 마치고 성공해서 고향을 찾아가겠다고 다짐했다. 그러나 힘들고 외로울 때는 삶의 뿌리를 찾아 고향으로 돌아가고 싶어졌다.

이런 저런 생각으로 올라가는 길목에는 쉼 없이 이어지는 돌계단과 비탈길 지친 마음을 다독이며 걸음은 분명 나아가고 있는데 한라산은 자꾸 뒷걸음치는 것만 같다. 거친 숨소리만이 가득한 이 길에서 부질없는 것들을 다 내려놓고 마음에 깊은 곳까지 들여다볼 수 있는 시간들이 한라산 길목에서 만났다. 숨이 차오를 무렵 그림 같은 풍경이 걸음을 붙들었다. 많은 것이 변해가는 시간 속에서도 자연의 빚어놓은 풍광은 아름답다는 표현보다 더 아름답다는 표현이 없을까 하는 생각이 든다. 바위틈 속에서 생명을 뻗어내며 자라난 소나무 삶을 마주하며 마음도 내려놓아 보았다.

긴 시간을 오르고 올라도 한라산 정상이 끝이 보이지가 않았다. 해발 1,600m 묵직한 다리는 후들거리고 시원하게 펼쳐지는 능선 길에 우리의 발걸음도 경쾌해지고 한라산 정상이 잡힐 듯 가까워져 갔다. 곳곳에 구상나무 고사목들이 걸음을 멈추게 한다. 하늘을 향해 솟아오르듯 두 팔 벌린 나뭇가지는 멋진 작품이 되어 힘들게 올라온 등산객들을 눈을 사로잡는다. 높은 곳에서 고사가 되어 버린 나무는 세월의 흐름 속에 쓰러지고 넘어지며 그 자리에서 묵묵히 삶을 살고 있었다.

정상이 가까워질수록 많은 사람들은 울긋불긋 물들인 단풍처럼 줄을 지어 정상을 오르고 있다. 계단을 오르고 올라 거의 고지 앞에 사람들이 줄을 서고 기다렸다. 백록담 돌비석 앞에서 사진 찍기 위한 줄이었다. 20분 기다리다 우리는 인증 샷을 포기하고 한라산 정상표지에서 사진 촬영을 했다. 드디어 정상에 도착했다.

사람들은 긴 시간 등산으로 배고픔을 달래기 위해 삼삼오오 모여 허기를 달래고 있었다. 새까만 까마귀 떼들이 낮은 비행을 하며 사람들 사이에 겁도 없이 까악까악 먹이를 달라고 소리쳤다. 등산객들 가방을 탐색하며 먹잇감을 찾은 까마귀는 가방을 채고 날아가기도 했다. 정상에서 바라본 탁 트인 풍경을 눈에 담고 사진에 담았다.

가을이 깊어가는 소리 2

　40년 전 그리움 찾아 나선 가을이 백록담은 물은 말라 삭막하기 그지없었다. 어디로 사라지고 숨었는지 휑하니 바람만 지나갔다. 친구들과 백록담을 바라며 감탄을 했던 추억들이 스쳐지나갔다. 파랗게 물들인 백록담 물속에 비추었던 하늘도 친구들과 재잘거리며 깔깔 웃던 웃음도 모두 말라 있었다. 어디로 빠져 나갔을까?

　안내방송이 울렸다. 1시 반까지는 모두 하산하라는 내용이었다. 우리는 관음사로 하산 길을 택했다. 성판악보다 너무 가파르고 계단을 내려오는 길이 위험했다. 줄을 붙들고 내려오는 길은 험했지만 성판악 코스와는 달리 웅장한 백록담 북벽에 옹기종이 모여 있는 바위에는 푸른 하늘에 뭉게구름이 걸터앉아 있었다. 바위절벽 비경은 자연의 만들어낸 아름다운 작품들이었다. 눈이 아프도록 담고 싶었지만 끝이 없는 하산 길은 험난했다. 내리막길은 돌길로 되어 있어 천천히 내려갔지만 후들후들 거리는 다리는 힘없이 돌 뿌리에 부딪쳐 넘어지길 반복했다. 젊음은 무엇과도 바꿀 수 없는 가보다. 돌길을 가뿐하게 뛰어 내려가는 딸을 보며 푸르른 젊은 날 나도 저렇게 날아다니듯 뛰어다녔던 생각에 쓴 미소를 지었다. 해가 나무 뒤로 사라졌나 싶더니 숲길사이로 해살이 다가와 함께 동행을 해 주었다. 어쩌면 산은 나의 삶과 닮아있다.

　좁은 숲길을 내려오며 길섶에 작고 싱그러운 풀잎에 눈길을 보내본다. 낙엽이 떨어지는 깊어가는 가을소리에 풍성했던 숲도 이제 모든 것을 내려놓을 채비를 하듯 내 또한 고민과 걱정을 내려놓고 깊어가는 가을 또 다른 나를 찾아 가리라

한 걸음 한 걸음 하루를 성실하게 살아내며 삶을 돌아볼 수 있었던 고마운 여정 길에 딸과 함께 길을 걸어 갈 수 있어 행복하다.

엄마의 품처럼 편안하고 든든한 한라산과 언제나 그 자리에 지켜주고 기다려준 "바다친구"가 있어 행복하다.

수필집 해설

현실적 체험의 진실한
퍼스널 노트
– 현애자 수필 문학세계

박 미 정 (문학평론가)

현실적 체험의 진실한 퍼스널 노트
– 현애자 수필 문학세계

박 미 정 (문학평론가)

1.

　수필은 작가의 삶을 여과 없이 드러내는 솔직한 자기표현이며, 고백이다. 하지만 혼자만으로 그치는 고백은 독백에 지나지 않는다. 독자들의 메아리가 있어야 하며 메아리의 확장성이 크고, 넓을수록 진정한 수필가로서 평가받는 것이기도 하다. 평가는 독자의 몫이다. 때문에 수필에서는 작가의 생활 태도나 자기 삶을 되돌아보는 자기 각성이 진부하지 않는 개성이 필요하다. 자기의 표현에만 지나치면 냉철한 판단력이나 객관성이 흐려져서 결여된 수필을 만들어낼 수 있다. 작가의 감성이나 마음, 가치관이나 삶의 자세가 독자에게는 설득력이며 감동이며 공감이기 때문이다. 이에 작가의 여러 가지 모습을 원형 그대로 작품 속에 그려내는 현애자 수필가는 진솔한 수필작가라고 할 수 있겠다.

　2023년 수필집 『특별한 입석』을 상재한 현애자 수필작가는 체험을 변형시키지 않고 가식 없이 드러내어 읽는 독자에게 참신함을 선사하며 삶의 아름다움을 보여주고 있다. 아름다움 속엔 사람의 감정과 사물의 이치가 있다. 둘 중 하나만 없어도 아름다움은 나타나지 않는다.

이탈리아의 미학자 크로체(Benedetto Croce)는 '표현'으로만 예술이 완성된다고 주장했다. 하지만 '전달'을 할 수 있어야 하는데 문인은 그 전달의 매개체인 글을 통해 자신의 오감과 사유와 상상력으로 아름다움을 제대로 표현할 수 있다. 그만큼 글을 소홀히 다루지 않는 작가 정신이 살아 있어야 한다.

그러하기에 아름다움을 포착해내는 현애자의 시선은 진실하다. 수필 문학은 작가가 직접 독자에게 보내는 전달이기 때문에 경험을 전달하는 소설과 다르고 기분과 감정을 표현하는 시와도 다르다 하겠다. '수필에서의 작가는 수필 속에 함축되어 있다'는 말과 같이 현애자 작가는 어떤 틀과 형식에 얽매이지 않고 살아온 자신의 삶을 통째로 고스란히 이 책에 담고 있다.

내 삶에 적용하는 노트가 있다는 것은 신중한 자세로 삶에 임하는 것이다. 생활을 꾸려나갈 때, 비록 사소한 부분이라 할지라도 소홀히 다루지 않으려는 개인의 안목이며 마음가짐이다. 이 고유의 독특한 스타일을 규정해 놓은 현애자는 엄숙함과 자유로움이라는 독특한 스타일을 혼합하여, 어떤 편견과 선입견을 배제한 작품으로 독자를 향한다.

2.

나는 수필을 쓰기 위해 작가적 고통을 감수하고 있는가? 보다 개성적이고 창의적인 글을 쓰기 위한 작가의 시선으로 사물이나 현상을 바라보는가? 이러한 끊임없는 자기 성찰을 위한 각성이 수반되는 작업이 수필창작이다. 체험과 경험만으로, 사색과 고뇌 없이 안이한 자세로 수필다운 수필을 쓸 수 없다는 것을 작가는 글을 쓰기 시작하는 그 순간부터 부딪히는 문제이다. 자기중심적이고 독단적인 것에서 탈피하기 위한 처절한 진통을 겪지 않으면 독자와 대면할 수 없다는 것을 알기 때문이다. 그래서 작가의 시선은 현실과 밀착되어 있으며, 조그만 물건 하나에도 그것을 만들어내는 사람의 깊은 내면을 들여다보려는 노력을 깃들인다. 간혹 사람들은 자기 이야기를 쓰는데 무슨 고민이며, 고뇌인가 하고 의아해하기도 한다. 내가 쓴 수필이나 혼자의 감동만으로 쓰게 된다면 넋두리가 될 수 있다. 그렇기에 비록 자신의 이야기라 하더라도 독자의 가슴 속에 공감과 감동을 불러일으키기 위한 처절한 고통의 감내가 필요하다. 수필이야말로 인간존재의 재발견이며, 삶의 의미이기 때문이다.

현애자 수필가는 자기 주변의 삶을 예사롭게 보지 않는다. 부드러우나 적극적으로 삶을 이해하려는 데 애쓰고 있으며, 함께 진통을 겪으려는 자세를 보이고 있다. 자신 주변 이야기를 샅샅이 하려는 데에는 작가의 의도가 있음직 하다. 나부터, 더 나아가 내 주위부터 살펴보자는 작가 개인의 프로 근성일 것이다. 『특별한 입석』에 실린 대부분의 작품이 나와 내 가족, 내 이웃의 다각적인 이야기라는 것을 알리고 있다. 진정성을 통해 펼쳐 보임으로써 수필가가 되기 위한 입문자들에게는 밑그림을 그릴 수 있는 자극이 되기를 바라는, 작가의 정신 활동도 곁들여 있음이 더욱 말할 나위가 없다.

> 학생은 엉거주춤하며 사시나무 떨듯 오들오들 떨고 있었다. 앙상한 가지 위에 혼자 남겨져 외롭게 투쟁했던 흔적이 역력했다. "안녕, 반가워"하며 꼭 안아주었다. 엄마의 마음으로 다가가기 위한 많은 노력과 시간이 필요했으나, 서로를 믿고 이야기를 나누다 보니 알게 모르게 마음의 문이 열렸다. … 아이는 시간과의 싸움에 안정을 찾으면서 검정고시 공부를 하기로 했다. 작고 여

렸던 소녀의 봄, 햇살이 피어나기 시작했다.

- 「소녀의 봄 햇살」 일부

견뎌내야 하는 삶의 실존문제를 다루고 있다. 항상 가까운 이웃을 먼저 이해하려는 데 삶의 가치를 두고 있는 작가의 시선과 연장 선상에 있는 다가감의 의미를 읽게 한다. "안녕, 반가워"라는 인사말은 일상에서 흔하지만 투쟁하듯이 살아온 소녀에게는 무척 낯설게 들릴 수도 있다. 그것을 미리 알아챈 작가는 치유의 대안으로 '엄마의 마음'을 내부에 깔고 있다. 그러나 소녀가 신뢰해 주기를 바라는 마음으로 끊임없이 나누는 대화의 시간이 있었음을 "알게 모르게 마음의 문이 열렸다"를 통해 시사한다. 팽팽한 긴장의 대처가 사라지고 '햇살'은 소녀에게 생명으로 변용되어 제시되고 있다.

현애자의 시선에는 청소년 문제를 보다 가까이 접근하는 수필인 「꽃, 역경을 이겨내다」가 있다. 청소년의 자녀와 연계시키는 세계인식은 고스란히 한 청소년에게로 옮겨져 온 가족이 인정하는 사족으로 합류시키는 과정이 예사롭지 않다. 또 보다 적극적으로 상담봉사자가 되기 위해 매주 병원프로그램에 따라 교육을 받는 과정에서 과거, 환우였던 경험을 떠올리는 「씨앗 심기」도 있다. 환우를 만나 자전적인 경험으로 하는 피드백이 개인의 종교사를 서술하기도 하나, 기도의 문제에 집중하여 영혼의 상처를 달래고 있음이 주목된다. 「한파」에서 "불안은 누구한테나 잠재되어 있다. '암'이라는 존재를 만나면서 불안은 나의 주인처럼 솟아났었다"라고 말했듯이 작자 자신의 내부에 봉인된 어둠을 외부로 향한 열정으로 지속하여, 암 투병하는 친구에게 희망을 일구려는 개성이 부각 된다.

이처럼 밝음과 어둠이 교차하는 생의 구체적인 측면에서 「진실의 열쇠」는 외롭고 추운 마음으로 살아가는 청소년의 마음에다 사회의 진실을 해명하여 "성공하면 다른 시설에서 생활하는 동생을 찾아서 함께 살겠다."라고 하는 포부를 말할 정도로 희망을 찾아 주는 가교 역할로서 상담봉사자를 담보한다. 하지만 상담봉사자로서의 역할이 맹목적이지 않다. 작가 개인의 의지와 관련하고 있음이 뚜렷하다.

> 가정, 가족, 사회에서 소외된 청소년에게 손이 되고 싶다. 머리를 쓰다듬는 손, 마음을 쓰다듬는 손, 잃어버린 열쇠를 찾아 열어주는 손이 되고 싶다. 청소년 시절, 부모님의 품에서도 갈등이 많았는데, 하물며 아무도 없을 때는 얼마나 현실과 미래가 불안할까를 생각하면 나의 손이 하는 일을 머물 수 없다. 앞이 보이지 않을 수 없다.
>
> — 「진실의 열쇠」 일부

이러한 감정 양식은 과장과 감상의 수사학이 아니다. 소위 현실적인 표제가 단서가 되어 삶의 애착을 전도하는 현상학이라고 하겠다. 삶이야말로 현실을 배타하지 않아야 하며, 상처를 치유하고 개진하지 않으면 안 되는 것이라는 것을 경험과 기억의 깊이에서 발원하여 넓은 울림으로 이끌어가는 것이다.

그러나 「철로를 이탈하다」에서는 부모의 지나친 관심과 간섭으로 청소년이 선택한 가치가 그 빛을 쇠퇴하게 한 아픔이 있다.

> 처음 시작하는 마음으로 열심히 일하겠다는 A의 말에 가슴이 뭉클했다. 내가 두피(탈모)를 전공했다는 말을 듣고 부족한 부분을 배우고 싶어서 어머니의 친구 소개로 왔다는 간절한 마음까지 보였다. 배우려는 자세와 간절한 마음이 있다면 어떤 힘든 일도 해낼 수 있다는 생각에 흔쾌히 함께 일을 하기로 했다.

저녁쯤 되었을까. 그녀의 어머니에게서 전화가 왔다.

"원장님, 감사합니다. 우리 아이 잘 부탁합니다. 그런데 한 가
지 여쭈어볼 게 있습니다. 우리 아이가 두피 관리를 맡아서 하기
로 했다면서요? 두피마사지를 하려면 손가락이 아프지 않을까
요?"

나는 황당했다. 두피케어에 대해서 무엇을 안다는 말일까.

ー「철로를 이탈하다」 일부

현애자는 「철로를 이탈하다」에서 다음 말, A는 출근하지 않았다.
출근 시간 한참을 지난 후 A씨의 어머니가 또 전화를 했다. "밤새 생
각했는데 우리 아이가 그곳에서 일하면 힘들 것 같아서 못 보내겠습
니다. 죄송합니다." 내가 말할 기회도 주지 않고 딸깍이라는 끊음의
여운만 남겼다. 라고 하여 홀로서기의 이미지를 포착하고 있다. "우
리 사회를 짊어지고 가야 할 젊은이들, 홀로서기를 아끼지 않아야 한
다. 나의 이런 생각이 정말 사소하기를 바라는 마음 간절하다."고 소
회를 밝히는 작가는 시골에서 노부부의 홀로서기와 함께 우리도 또
다른 홀로서기를 하고 있다고 종결하여 의미를 증폭하고 있음을 간
과하지 않을 수 없다.

3. 나에 대한 응시

작가의 시선은 자신을 우선한다. 무엇보다 작가의 자전적 정황들
이 '나'의 문제에 집중하고 있다. 이런 연유는 상담봉사를 통해 더욱
절실하게 된 것이라 하겠다. 여기에서 '나'의 문제는 가족과 이웃과
국가가 존재하기 위한 생명력의 기원이 되기도 한다. 퍼스널 노트로
서의 체험이 현실을 지닌 어조로 발화하여 자전적인 경험이 나를 나

에 대한 응시로 투영되어 삶을 보다 적극적으로 이끌어내는 데 방증된다.

> '정말 하고 싶던 문학 공부를 하게 된다면….'하는 생각은 시간이 갈수록 손가락 끝까지 짜릿하게 들뜨게 하였다. 그러면서도한편으로는 '문학에 대한 기초도 없는데 다른 사람들에게 방해가되는 건 아닌지…' 등의 걱정은 시작도 안 한 문학 공부를 펼치고이미 나의 마음을 사로잡기 시작하여 일을 하면서 수십 통의 글을 쓰고 또 쓰고 지우면서 시간을 보냈다.
>
> — 「문학의 담장을 헐다」 일부

현애자에 있어 문학은 높거나 철저히 격리된 담장이었다고 여겨진다. 먼 거리감이 더 다가가고 싶은 충동을 느껴지게 한 것이 아닐까. 말 줄임의 머뭇거림이 마음의 글쓰기로 향하는 마음의 여정을 일구려는 것이다. 그것을 거름 삼아 지난 시간들을 귀환시키고 있다. 「온실」은 새로 구입한 시골집을 개조하거나 보수하면서 자연의 시간과함께 하는 보람을 보여주고 있으며 「청춘 일기」를 통해 '꽃 같은 시절'이라는 한 마디가 딸과 대조되는 해프닝을 지니고 있음을 전한다. "딸에게 엄마의 남편 같은 남자친구가 있기를 원한다. 그런 남자만 있다면 꽃 같은 시절이라고 버럭버럭 우기며 배낭을 메고 나간다고 해도말리지도 않겠다. 이번에는 거제도다. 펜션 앞에 바다가 한눈에 보인다. 내일이면 일출이 반길 곳이다. 송년의 밤은 아쉽게 지나가면서밤을 지새우게 한다." 이 대목에서 딸에게는 청춘 일기의 동경을, 작가에게는 나르시시즘을 억제하지 않는 추억이 되고 있다.

「꿈을 빚는 손」은 도자기를 만들면서 일어나는 변화를 다루고 있다. 도자기를 만들어가는 과정을 자세히 탐문 하면서 생명에 대한 작가의 감각을 전하고 있는 데 단순한 독법이 아니라는 것을 알 수 있다. 남편의 적극적인 칭찬의 응원이 묘수다. "당신 작품은 다른 작품들보다 훌륭해. 당신은 마이다스 손이잖아"에서 읽을 수 있듯이 가능시계로 나아가는 자아를 꿈꾸게 하는 사랑이 경계를 무너뜨리는 것을 이야기한다. 「야생화」는 위와 다르게 남편 사업의 경기 침체로 인해 20년 동안 정들었던 동네를 떠나 이사를 가게 된 것에서 시작한다. "바다는 설렘과 기쁨으로 가슴 벅차게 만들었지만 남편의 모습은 슬픔으로 차, 묵묵하게 말이 없었다. 남편의 눈치를 보며, "너무 아름답다. 그죠?" 하며 애교를 떨면 입가에 번지는 미소는 슬픔 그 자체였다. '얼마나 힘들면 아름다운 곳에서도 자기만의 고민에 빠질까' 말이 없던 그가 등산로를 내려오다 잡초 속에 핀 꽃을 가리키며, "당신 좋아하는 야생화네!" 주위를 살피며 슬그머니 캐 주었다."는 사실은, 현실 사이에 놓인 결핍의 심각성이 사랑으로 허물어지고 있음을 전한다. 모든 사랑은 "우연의 순전한 특이성에서 보편적 가치를 지니는 한 요소로의 이행을 가능하게 하는 경험"이라고 말한 알랭 바디우의 말이 이해된다.

현애자의 시간은 사랑의 의미를 반추하는 과정을 보인다. 이는 자기 삶의 고통을 극복하는 일상성에 대한 수용이며, 하나의 지향이다. 그 점에서 작가는 「시아버님의 사랑」을 통해서 새로운 경험을 고유한 방식으로 수용하면서 사랑의 지평을 확장한다. "아 참, 당신이 아버지 기일을 깜박 잊고 혼날까 봐 부처님 오신 날로 당신의 기일을 정해 놓으셨잖아"를 기억한다. 시아버님 생전에 집안 대소사를 일일이 알려주셨으나 그것조차 잘 잊고 마는 작가에게 「초파일 신자」가 되게 해 준 시아버님을 회고한다.

작가의 시간은 「그리운 아버지」와 연계하여 가족이 해체되어 가는 현실에서 가족에 대한 사랑과 믿음을 강화한다. 엄마는 밭에 가면 한 고랑씩 나누어 주면서 검질을 매라고 했다는 「엄마 꽃」으로 견인하여 해녀인 친정엄마와 그 엄마와 닮지 않으려고 애썼던 작가 자신의 이야기가 섞여 사랑의 승화를 보인다.

　　우리는 검질을 매지도 않고 골각지로 유채잎사귀에 방울방울 달려있는 이슬을 툭툭 치며 장난을 쳤다. 빨리 마무리를 해야 학교에 간다는 엄마의 호통 소리에 동동걸음을 치며 검질을 맸다. 그럴 때면 싸늘한 찬바람의 이슬은 눈물처럼 뺨을 타고 주르륵 흘렀다. 아침 노동勞動으로 옷은 이슬처럼 촉촉해지고 흙은 하얀 장갑에 달라붙어서 시꺼먼 흙덩어리처럼 단단해지고 마음까지 흙빛으로 채색됐다.

　　엄마는 고생했다는 칭찬보다 "학교 늦겠다. 빨리 챙기라"며 우렁찬 목소리로 재촉하면 그 메아리에 놀라서 우리는 번개보다 빨리 움직였다.

- 「엄마 꽃」 일부

　유년의 한때를 추억에 의존하여 이야기하고 있다. 핸드폰이나 삐삐, 알람시계, 손목시계조차 없었던 시절이었는데, 날짜며 시간을 척척 알아맞히는 엄마가 신처럼 보였다는 것은 엄마의 삶이 단선적이 아니라는 데 연유한다. 이것은 작가의 삶의 변화와 결부된다. "흉보면서 배운 엄마의 시간"은 「열정, 그것의 덫」에서 환상과 현실의 경계가 해체되어 공황장애와 대인기피증이 나타났으나 「열정의 진화」를 통해 "열심히 살아가는 것은 긍정적으로 생각하며 에너지가 충전되고 부정적으로 생각하면 삶은 고달픈 것이 되리라는 것은 그동안의 나의 지론이다"라고 하여 작가는 전자를 통해 존재를 구원할 가능성의 지평을 열고 있다.

주말을 활용해 낡은 시골집을 개조해가는 다소 자기애적인 「시골집 개화기」는 희열을 불러온다. 외양간은 작은 바람 소리만 스쳐도 날아갈 것만 같았고, 낡은 스레트 지붕은 금방이라고 내려앉을 것 같았으며, 머리가 닿을 것 같은 천장은 온통 거미줄로 엮어졌다는 것에서 낡음이 연쇄로 이어져 있다는 것을 알 수 있다. 그뿐만 아니라 동네 분들의 성화도 만만찮아서 시골에서 도시로 출퇴근을 하는 모험을 강행한다. 아무런 대립도 존재하지 않지만 「농촌의 사물놀이」를 인식하기까지 화해의 경계를 의미한다.

물질의 경험이 있는 작가는 다이빙을 즐기던 일을 생각하면서도 바다의 쓰레기에 대한 문제점을 「댄스 그리고 공포」를 통해 의미를 비약한다. 물질을 배우고 첫 입수 때의 일을 소상히 밝히고 있다. 인어공주의 몸짓으로 수면을 물갈퀴로 헤치며 바닷속으로 들어갔을 때 바닷물은 눈부시게 흔들리고 물고기들은 황홀한 군무를 추며 환영했다는 바다와의 감응을 생성해낸다. 물질과 수영과의 대비를 보다 적나라하게 하는 스쿠버를 택하여 스스로 바다 안의 풍경으로 성취한다. 하지만 가오리가 영역을 지키려는 본능적인 위협에 공포를 느낀 후 스쿠버 활동을 접는다. 바다 안의 쓰레기를 생각하며 무례한 사람들의 짓에 밤을 뒤척인 밤과 함께.

「부지깽이」는 불을 조절하는 도구이다. 들판에 불을 붙였던 아버지는 잔불이 없어질 때까지 부지깽이로 들판을 쳤고, 어머니는 부지깽이로 밥을 조절했다는 이야기가 섞여 있다. "부지깽이 끝에 붙은 연기가 얼마나 내를 내는지 눈물이 저절로 흘렀다."를 주목하려 한다.

아궁이 속으로 장작을 놓고 그 위에 불 모은 지푸라기들을 한
곳에 모아서 불을 지폈다. 숯이 되기 전에 쇠솥에서 물이 끓는다
고 야단이다. 김은 얼굴을 촉촉하게 해서 하릴없이 솥뚜껑을 열

고 닫기를 반복한다. 그러다가 나무라는 사람도 없는데 불을 살살 죽인다. 김은 불을 낮추지 않으면 더 많이 퍼 올린다. 불 앞에서 아버지가 생각날 때면, 부지깽이로 잔불을 툭툭 치고 연기를 낸다. 아버지가 들판에서 그러셨던 것처럼, 그러면서 즐기는 연기 속에서 아버지를 만난다.

-「부지깽이」일부

도시에서 현실재현이 어려운 것이 부지깽이 사용이다. 아버지를 만난다는 마지막 부분에서 시간을 거슬러 올라가면, 부지깽이로 잔불을 툭툭 치는 행위는 그리움의 연장이다. 어릴 적에 아버지가 지핀 불을 통제하던 부지깽이는 작가의 기억에는 예사롭지 않았다. 이제는 부지깽이로 자유롭게 불을 조절하여 죽이기도 하면서도 아버지를 향한 그리움만은 부지깽이가 구원하지 못한다는 현실을 반증하고 있다. 다시 말하면 부지깽이로 잔불을 툭툭 치고 연기를 내는 그 알레고리 속에 그리움의 눈물이 존재하는 것을 그려낸 현애자의「부지깽이」는 그리움의 이미지와 결합하고 있다.

부산의 근교, 동네 풍경을 부각시켜 나가는 매개물로써 연기를 사용하고 있는「시골 & 플러스」가 내포적 의미를 갖고 있는 것에 시선을 돌려 본다. 굴뚝에서 나오는 연기와 대문 여미는 소리가 어둠이 덜 갠 새벽을 깨운다는 동네의 풍경은 새벽과 아침의 경계선이 없이 일상의 반복으로 현실을 감당한다. 매일 아침 동네 어르신들의 전송을 받으며 출근하는 격이 되고 말았지만 그것이 이웃의 모습이라고 보여주고 있다. 시골의 골목길은 밤이 내려와 있어도 편하다. 늦은 귀가를 걱정해 주는 멍멍이가 짖어도 시끄럽다고 하는 이웃이 아니라서 좋다는 작가는 어른들의 안녕이 궁금하여 내일 아침에는 일찍 먹거리를 장만하여 인사드려야 하겠다고 한다.

현애자는 「특별한 입석」을 통해 글감을 찾을 심산으로 부산행 입석 밖에 자리가 없는 기차를 탄다. 강을 지날 때면 여유를 부리면서 바깥 풍경은 천천히 뒤로 미루어 가며 보는 재미를 만끽한다. 경험으로, 체험으로 풀어내는 글, 수필은 누구나 다 쓸 수는 있다. 그렇지만 풍부한 감성이 문학의 바탕이 된다는 것을 현애자의 작품을 통해서 다시 한번 상기하지 않을 수 없다.

4.

수필은 무엇인가. 수필이 지닌 특성은 여러 가지 있다. 그중에서 생활 속의 문학으로 접하면 체험과 경험으로 호소력이나 감동이 독자에게 전해지는 속도가 빠를 것이다. 특별하게 주제를 찾아 쓰는 것도 한 방식이겠으나 자기 생활을 사심 없이 드러내는 용기를 통해 수필의 단계를 뛰어오르는 만족을 가질 수 있을 것이라 여겨진다. 현애자는 이러한 의식으로 과감한 제스처를 취했다. 남다른 창작의욕으로 다음 권을 기대하게 한다.

『특별한 입석』은 현실적 체험을 진실하게 쓴 글이다. 다양한 경험을 다양한 소재로 삼아 적나라하게 펼침으로써 감동과 문학적 호소력을 지니고 있다. 생활 속에서 겪은 상실, 희망 등에 대한 진실의 무게는 친근한 생활수필로서의 진면목을 보여준다. 그것은 생활수필의 견고성이며 수필 문학의 가장 든든한 주춧돌임을 다시 확인하는 결과를 보여주었다 하겠다.

현애자가 엮은 『특별한 입석』의 풍부한 감성을 따라가면 독자는 모두 작가가 되는 꿈을 꾸게 될 것이다. 그렇기 위해서는 퍼스널 노트로서의 체험을 경험을 다시 실행하고자 하고자 계획을 세울 것이라 믿는다.